ダブル・ジョーカー

柳 広司

角川文庫
17405

目　次

ダブル・ジョーカー

1

廊下の足音が部屋の前で止まり、襖《ふすま》が開いて、女中が顔を出した。

「あの……失礼します」

敷居に膝《ひざ》をつき、どぎまぎとした様子で座敷を見回したのは、頰の真っ赤な、見るからに山出しの小娘だ。さっきも運んできたお膳《ぜん》をひっくり返すなど、安くはない金を取る伊豆《いず》の観光旅館にしてはいささかお粗末な接客ぶりだ。雇われてまだ間がないのか、あるいは近隣の農家の娘が家業の合間に手伝いに来ているだけなのだろう。

座敷には男ばかり七人。それぞれの前に膳が据えられ、料理のほかに何本かお銚子がついている。

一斉に振り返った男たちの視線に、若い女中はたちまち赤い頰をいっそう真っ赤にして、どもりながら口を開いた。

「あ、あの、お食事中すみません。……あの、か、風戸《かざと》課長さんは？」

上座に座る男が、唇にあてていた盃《さかずき》を膳に戻して、ゆっくりと向き直った。よく日焼けした浅黒い顔。四十年配。他の者たちに比べれば、彼一人がいくらか年齢が上のようだ。

「風戸は、私だが？」

「あの、課長さんにご面会の方がお見えになっておいでです。お名前は……あの、言わなくてもわかると……あの、課長さんとお約束があると……」

「うん。来たか。通してくれ」

短く答えて、銚子に手を伸ばした。

女中の足音が廊下を遠ざかるのを耳で追いながら、風戸は無言のまま一座の者だけにわかるよう目配せを送った。

髪を伸ばし、白いワイシャツにネクタイ。座敷ではさすがに背広の上着は脱いでいたが、ベストは着たまま、あぐらをかき、話に興じながら酒を呑《の》んでいる六人の若い男たち――。

〝大東亜《だいとうあ》物産社員。課長風戸哲正《あきまさ》。他課員六名〟

宿帳には、都内の住所と電話番号とともに、そう記されている。

実際、いま座敷に顔を出した女中の目には〝東京の会社の人が、研修のために伊豆に来ている〟としか見えないだろう。だが――。

待つ程もなく、先ほどの女中が戻ってきた。

相変わらず頬を真っ赤に染めた女中の背後から、小柄な男が上目づかいに首をすくめ、おどおどした様子で座敷に入ってきた。目の細い、華奢《きゃしゃ》な感じの若い男だ。肌の色が生白く、そのせいか薄い唇だけがまるで朱を引いたように紅《あか》く見える。

風戸は男に近くに寄るよう手招きした。

——それで？

男の耳元で尋ねた。

「……今夜、例のお客が来る予定です」

若い男は怯《おび》えた様子で左右を窺《うかが》い、ようやく聞き取れるほどの小声で答えた。尤《もっと》も、座敷では他の六人の男たちが何事もないように大声で馬鹿話に興じているので、二人の会話がほかに聞かれる気遣いは無用だった。

「確かな情報か？」

「いつもは庭に放しておく犬を、今夜に限って小屋につないでおくよう言われました。それに〝明日の朝食は用意しないで良い〟とも……」

早口にそう話す男の目を見て、風戸はようやく満足げに頷《うなず》いた。

今夜、元英国大使白幡《しらはた》樹一郎《きいちろう》の伊豆の別荘を何者かが訪れるのは確実のようだ。

来訪者は、家の者たちが寝静まった後、深夜にこっそり白幡に会いに来る。だから白幡は今夜に限って番犬をつないでおくよう言いつけた。朝食の準備をしなくて良いというのは、極秘の来訪者との会談が長引く可能性が高いということだろう――。

風戸は、ぽんと一つ相手の肩を叩《たた》くと、自分の盃を差し出した。

「今まで、いろいろとご苦労だったな。一杯どうだ？」

貴重な情報をもたらした若い男は、森島邦雄《もりしまくにお》。白幡が屋敷に何人か置いている書生の一人である。

森島は上目づかいに風戸の顔を窺い、阿《おもね》るように小声で尋ねた。

「それじゃ、例の件は……ぼくはこれで勘弁してもらえるんですか？」

「君はわれわれの期待に充分応《こた》えてくれた」

風戸は、森島に盃を差し出したまま言った。

「君には感謝している。つまり……そういうことだ。意味はわかるな？」

森島は一瞬訝《いぶか》しげな表情を浮かべ、だが、相手の顔に浮かんだ邪気のない笑みを見て、つられたように笑みを返した。

勧められるまま恭《うやうや》しく盃を受け取り、風戸が注いでやった酒を一息に干した。

「おい、誰か。彼をうちの車で送って行ってやれ」

風戸が声をあげると、座敷の男たちの中からすぐに一人が立ち上がった。

慌てたように手を振って固辞する森島に、風戸はにっと笑ってみせた。

「遠慮することはない。送って行くのは、われわれの都合だ。きみの姿が長く見えないんじゃ、むこうさんに怪しまれないとも限らないのでね」

森島が何度も頭を下げながら座敷を出て行くと、彼を送っていくはずの男がさっと踵《きびす》を返して、風戸に近寄った。

「……どうしますか？」

「殺せ」

風戸は短く言って、掌《てのひら》に密《ひそ》かに装着していたスポイト状の容器をむしり取った。

「奴にもう用はない。さっき飲ませた酒に眠り薬を垂らしておいた。眠ったら、例の崖《がけ》から海に捨てろ。転落事故に見せかけるんだ」

「わかりました」

音もなく立ち上がり、足早に森島の後を追った。

風戸は新しくもってこさせた盃に、なみなみと酒を注いだ。

酒の表面が重く揺らぎ、さざ波のように室内の明かりを映している……。

盃を上げ、一息に飲み干す。誰にともなく、もう一度、低く呟《つぶや》いた。

——殺せ。

2

一年前――。

風戸哲正陸軍中佐は、陸軍参謀本部から極秘の呼び出しを受けた。

〝本件《ほんけん》一切《いっさい》他言《たごん》無用之《むようの》事《こと》〟

表にわざわざそう朱書きされた呼び出し状を受け取った時点で、風戸には自分が何のために呼び出されたのかおおよその見当がついた。

この少し前、風戸は陸軍参謀本部宛てに一通の報告書を提出している。

報告書は、欧州列強の諜報《ちょうほう》機関を詳細に分析し、振り返って帝都における防諜の緊急性、及び、陸軍内における秘密機関の必要性を説いたものだった。

〝近代戦における情報の重要性はますます高くなっており……英国のＳＩＳ、フランスの軍事情報第二局、ソ連のＧＲＵ、さらにはドイツのアプヴェーア等の存在を鑑《かんが》みるに……各国のスパイが今日、国際社会のみならず、わが帝都において暗躍していることはもはや火を見るより明らかであります。

従って……列強のスパイたちからわが国の秘密重要情報を防衛するためにも、わが帝国陸軍としては、可及的速やかに、かつ極秘に、陸軍独自の諜報員養成所、及び諜報機関を設立すべきであると思量されます……〟

陸軍独自の諜報機関設立は、風戸がかねてよりあたためてきた腹案だ。

無論、陸軍内にいまなお根強く「スパイ不要論」なるものが存在することは知っている。陸軍上層部の中には、およそ日清日露の戦争経験から一歩も出ることができず、その経験を基にして、

——わが陸軍は明治建国以来、スパイなどという卑怯《ひきよう》卑劣な存在無しに戦ってきた。

そう胸を張って言う者が多い。しかも、その二つの戦争がなまじい「勝った」ことになっているので、ことはいっそうやっかいだった。スパイ不要論者の中には、

——わが帝国陸軍の戦略は正々堂々を以《もつ》て旨《むね》とし、姑息《こそく》な策を弄《ろう》することは統帥権《とうすい》者であらせられる天皇陛下への侮辱である。

と鼻息荒く主張する者たちさえ存在するくらいだ。

だが、日清日露はともかく、科学技術が進歩した今日において、諜報防諜活動を無視したまま戦争を有利におし進めることは不可能に近い。

——優秀な諜報員一名は、一個師団の戦力に匹敵する。

風戸は陸大在学中から夙《つと》にそう主張してきた。

今回参謀本部に呼び出しを受けたのも、集まった頭の固い老人たちを相手に昨今の国際社会における諜報戦の重要性を講義し、また秘密諜報員養成所並びに秘密諜報機関常設の意義を啓蒙《けいもう》するためだろうと思ったのだ。

だが、指定された日時に参謀本部に出頭すると、予想に反して、そのまま奥の小部屋に通された。

ドアを開け、机の向こうにただ一人座る人物に気づいた瞬間、風戸は意外な感に打たれた。

阿久津《あくつ》泰政《やすまさ》陸軍中将。

〝剃刀《かみそり》〟のあだ名で知られる阿久津中将は、今日の大日本帝国陸軍における実質上のナンバー2《ツー》である。通常であれば、階級からいっても、風戸がごとき一中佐が直接口をきける相手ではない。

「貴様の報告書は読ませてもらった」

半白の髪を軍人刈りに短く刈り込んだ阿久津中将は、机の上に両肘《ひじ》をつき、組み合わせた指ごしに軽く目を細めて切り口上に言った。

「光栄であります！」

風戸は直立不動で応えた。視線を合わすことは、さすがに憚《はばか》られた。

「そう硬くなる必要はない」

阿久津中将は、皮肉な笑みを頬に浮かべて言った。

「俺は今日、ここで貴様と会ってなどいないのだ。貴様も会ってもいない相手に硬くなることはあるまい」

風戸は、直立のまま、首から上だけで素早く点頭した。

この会見は、公式には存在しない。

この場で話されたことは、一切外に漏らしてはならない。

そういう意味だ。

「……さすがに、ものわかりがいいようだな」

阿久津中将は低く呟き、だが、続いて発せられた言葉に風戸は思わず大きく目を見開いた。

「わが帝国陸軍内には、秘密課報員養成所並びに秘密課報機関がすでに存在している」

阿久津中将は何の前置きもなく、直截《ちょくせつ》にそう言ったのだ。

「そんなものの存在など聞いたことがない、か？　それはそうだ。何しろ秘密機関なのだからな」

阿久津中将はにやりと笑い、啞然《あぜん》としている風戸に向かって簡潔に要点を話してきかせた。

一年ほど前、帝国日本陸軍内に秘密課報員養成所が極秘に設立された。

通称〝D機関〟。

実質的には発案者である陸軍中佐が一人で立ち上げた、それゆえに極めて独立性、機密性の高い組織である。

機関設立後、彼は養成所の長として自ら諜報員教育に当たる一方、教育した機関員を率いて様々な諜報活動を遂行。すでにいくつかの無視できない成果をあげており、スパイの存在を快く思わない陸軍幹部たちの間でも、渋々ながら、その存在が認められつつある……。

「D機関の存在は陸軍上層部でもごく一部しか知らない極秘事項だ。貴様が知らなかったとしても無理はないさ」

そう言われて、だが、風戸はひどく困惑した。

ことの意外性に、ではない。大陸での戦火が拡大し、欧州情勢が風雲急を告げている昨今、誰かが秘密諜報機関の設立を思い立ち、あるいはすでに極秘に設立していたとしても、そのこと自体はさほど不思議でも、また意外でもなかった。

問題は、なぜ阿久津中将がわざわざ自分を呼びつけ、その極秘事項を話して聞かせたかだ。機関がすでに存在するのであれば、新たな秘密諜報機関の設立を訴えた風戸の報告書など、はじめから無かったものとして、握り潰《つぶ》してしまえば済む話ではないか？

「なるほど、わが帝国陸軍内には秘密諜報機関がすでに存在している」

阿久津中将は風戸の困惑を見透かすように目を細め、改めて繰り返した。

「但《ただ》しD機関は、貴様が提案しているものとは若干毛色が違う。いや、ある意味、まったく相容《い》れない組織と言っても過言ではない」

続けて阿久津中将が口にした内容を聞いて、風戸はほとんど呆然《ぼうぜん》となった。本当のことだとは、とても信じられなかったのだ。だが、もとより阿久津中将がわざわざ風戸を呼び出して、嘘をつく理由はなにもない。だとすれば——。

D機関は帝国日本陸軍のとんだ鬼子《おにご》であった。

何も、D機関が軍の組織上兵務局に属していながら、直属上官である兵務局長にさえ一切の報告義務を持たないことや（そのこと自体、軍の中では異例中の異例ではあるが）、あるいは非正規のルートで機密費から莫大《ばくだい》な資金を引き出している、といったことを言うのではない。

何より信じ難かったのは、D機関が陸軍の組織であるにもかかわらず、陸大や陸軍士官学校の卒業生ではなく、軍の外の者たち——東京、京都の帝大、早稲田《わせだ》、慶應《けいおう》、はては英米の大学の卒業生を対象として諜報員教育を行い、作戦に従事させている点であった。

陸海を問わず、およそ日本の軍隊においては、

——軍人に非《あら》ざれば人に非ず。

あるいは、

——地方人を信用するな。

といった言葉は、疑うべくもない、自明の理とされる。

軍隊用語では軍人以外の者はまとめて〝地方人〟と呼ばれ、彼らはおよそ信用に値しない存在と見なされているのだ。

——なぜだ？　なぜ、よりにもよって諜報機関に地方人を使わなければならない？

眉間《みけん》に深く皺《しわ》を刻んだ風戸の表情に、阿久津中将はちらりと目をやり、それから、低く呟いた。

「……天保銭《てんぽうせん》は使えない」

「はっ？　いま何と？」

思わず聞き返した。

「天保銭」、もしくは「天保銭組」。

卒業徽章《きしょう》の形が似ていることから、陸大出の者たちがそう呼ばれる。

陸軍大学校——通称〝陸大〟——は、大日本帝国陸軍が参謀養成のために設けた専門の教育機関だ。卒業すれば即将校となる陸軍士官学校卒業者の中でも、陸大に進むことを許されるのは、わずかに一割弱。

風戸自身そうであったが、陸大は二年以上の隊付き勤務を経た尉官クラスの者たちから特別に選抜されて、はじめて受験資格が得られる。さらにその者たちの中から一次、二次の、二度にわたる厳しい試験を勝ち抜いた者だけが、陸大への入学を許可される。それだけに、陸大を出た「天保銭組」は、それ以外の「無天組《むてんぐみ》」と明確に区別され、将来はほぼ全員が将官となることを約束されたエリート中のエリートと言って間違いない。

軍服右胸に燦然《さんぜん》と輝く「天保銭」は陸軍エリートの証《あかし》であった。一方で、「天保銭」は「無天組」から妬《ねた》み嫉《そね》みの対象となり、昭和十一年以降は廃止。既に持っている者に対しても〝見える場所への着用を禁止〟されたほどである。それなのに――。

「勘違いするな。俺の考えではない」

阿久津中将は軽く組み合わせた指ごしに風戸の顔を見据え、ゆっくりと言葉を続けた。

「D機関を設立した結城《ゆうき》陸軍中佐がそう言っているんだ。〝陸大出の奴らは使えない。天保銭組など、間違ってもD機関《うち》に出入りさせるつもりはない〟とな」

頭に、かっと血が上るのが自分でもわかった。

きつく嚙《か》み締めた奥歯が、みしりと音を立てた。怒りのために視界が赤く滲《にじ》む。

――なめるな。

風戸は細く目を引き絞り、真っ赤に染まった視界の中で、会ったこともない結城という男を強く睨《にら》みつけた。

3

風戸は直ちに、新たな秘密諜報員養成機関の設立を参謀本部に具申した。

二週間後、風戸は本隊を離れ、参謀本部兵務局付として、密《ひそ》かに機関設立に専従することになる。

一種の〝官僚組織〟である軍隊において事務手続きに時間がかかるのが当たり前だ。わずか二週間という異例の早さで裁可が下りたのは、阿久津中将の後押しがあってのことだろう。阿久津中将自身、陸大を首席で卒業した所謂《いわゆる》〝恩賜《おんし》の軍刀組〟である。陸大教育を侮辱する結城中佐の言葉に対して、風戸が感じた以上の不興を覚えていることは想像に難くなかった。

いや、阿久津中将だけではない。

風戸は、兵務局付となって、間もなくあることに気づいた。

陸軍上層部のD機関の存在を知る少数の者たちの間には、必ずD機関に対する強い不快感、もしくは抜き去り難い嫌悪感といったものが存在していたのだ。

新たな諜報機関設立のために風戸が提出した要求は、資金面でも、人材面でも、ほとんどすべてが、即時かつ無制限に認められた。「スパイ不要論」がいまなお根強いことを知る風戸は最初意外に思ったが、どうやら現存のD機関に対する反発が新たな諜報機関設立へのハードルを下げているらしい。

半地方人による秘密機関。

陸軍内の反感をかうのには充分な要素だ。

軍内に燻《くすぶ》るD機関への嫌悪感は、しかし、どうやらそれだけに起因しているのではなかった。

風戸はある酒の席で、D機関の存在を知る軍幹部が、まるで汚い物を吐き出すように顔を歪《ゆが》めてこんなことを言うのを耳にした。

「あの連中は〝何があっても死ぬな、殺すな〟と叩きこまれていやがる。死ぬな？　殺すなだと？　そんな連中が、わが名誉ある大日本帝国陸軍の一員だと考えるだけで反吐《へど》が出る。えっ、そうじゃないか？」

——そのとおりだ。

風戸は胸の内で大きく頷いた。

軍隊とは、畢竟《ひっきょう》敵を殺し、あるいは敵に殺されることを暗黙の了解とする運命共同体だ。軍隊内部にあって〝死ぬな〟〝殺すな〟などという言葉を掲げること自体、共同体への反逆と見なされる。だからこそ、何らかの形でD機関に接触した軍関係者は、たとえ詳しい事情を知らなくとも、彼らが発する腐臭を嗅《か》ぎつけ、生理的な反発と嫌悪感を覚えるのだ。

結局のところD機関は、陸軍というリンゴ箱の中に間違って紛れ込んだ腐ったリンゴ——周囲を腐らせかねない危険な異物だった。

既存の諜報機関に対する反発と嫌悪感が、新たな諜報機関設立の追い風となっている。

いささか皮肉な話ではあるが、風戸にとっては願ってもない事態であった。

陸軍上層部の支援を取りつけた風戸は、主に陸軍士官学校、並びに憲兵学校の成績優秀者の中から慎重に人材を選び出した。

諜報活動は〝汚れ仕事〟だ。が、そのぶん独立性が高い。この手の仕事に興味を覚える人間は、必ず、どこにでも存在する。その中から適性を有する人材を選び出し、諜報員としての教育を施す。かつ、彼らを組織した諜報機関を率いて諜報活動を行うことが、風戸個人に一任されたのである。

そのために、陸軍中佐としては破格なまでの権限が与えられた。

風戸はかねてよりあたためてきた己のプランを実現すべく、昼夜を分かたず任務に打ち込み、そして少しの疲労も感じなかった。

この仕事こそが俺の天職だ、そう感じられた。この分野において、何人《なんぴと》と雖《いえど》も自分以上に有能な者がいるはずがない、そう確信することができた。

一月《ひとつき》の後には、ほぼ態勢が整った。

通称〝風機関〟。

秘密諜報員養成、及び帝都における防諜諜報活動が、その主な任務内容であった。

風機関を組織し、そこに集めた者たちを教育する傍ら、風戸は密かにD機関についての調査を進めた。

――半地方人相手に、いったいどんな教育をしているのか？

風戸の興味は、その一点にあったといっても過言ではない。

諜報員養成のためには、高等戦術・戦略を研究し、あわせて軍制・幕僚要務などを学ぶ陸大での教育は、およそ参考にならなかった。軍の参謀を養成するわけではないのだ。D機関ですでに行われている諜報員養成教育が、他に類を見ない、特殊なものであることは容易に想像がついた。

調査は、しかし、たちまち至るところでぶ厚い保秘の壁に阻まれた。阿久津中将の言葉どおり、直属上官である兵務局長ですら、D機関について具体的なことは何も知らされていなかったのだ。

それでも、聞き方さえ心得ていれば、ぶ厚い壁ごしにでも何がしかの情報は漏れてくる。

例えば、D機関の者たちは全員陸軍少尉の身分でありながら、頭髪を伸ばし、背広姿で一般民家に下宿し、あたかも一般の勤め人のごとく弁当持ちで機関に通っている。あるいは、D機関内では陛下の名前を口にし、耳にする際、〝気をつけ〟の姿勢を取った者は直ちに高額の罰金を科せられる——そういったことだ。

集まってきた幾つかの情報を前にして、風戸は思わずニヤリと唇を歪めた。

——似ていやがる。

笑ったのは、そう思ったからだ。

実際、D機関で行われている教育は、彼が陸大時代からあたためてきた諜報員養成教育と多くの点で似通っていた。

——俺と似たことを考えるこの男は、いったいどんな奴なんだ？

D機関を率いる結城中佐という人物に興味を引かれた。ためしに、陸士、及び陸大の卒業生名簿にあたってみたが、いずれにも該当する名前は見当たらなかった。

——陸士、陸大出身者ではないのか？

風戸は首を傾げた。だが、陸大はおろか、陸士さえ出ていない男が、そもそも高度な諜報機関を組織できるとは思えない。噂によれば、結城自身、かつて有能な秘密諜報員として敵国に潜入していたことがあるという。聞こえてきた噂の内容が全部本当だとはとても思えなかったが、何かしらそれに類する任務についていた可能性はある。とすれば、何らかの方法で記録を弄《いじ》ったのか？　あるいは、そもそも偽名を用いているのかもしれない……。

——まあ、良いさ。そのうち正体を暴いてやる。

呟いて、名簿を閉じた。

D機関を率いているのが何者だろうと、大した問題ではない。そんなことより——。

脳裏に、阿久津中将の言葉が浮かんでいた。

「……ダブル・ジョーカーを使うつもりはない」

あの日、予期せぬ会見を終えて部屋を出て行こうとする風戸の背中に向かって、阿久津中将は低い声でそう言ったのだ。

「同じカードは二枚も要《い》らない。どちらかがスペアだ」

風戸は無言で頷き、そのまま部屋を出た。

阿久津中将の言葉の意図は、正確に理解したつもりだ。

現在陸軍内では、諜報活動に関する指揮命令系統が一本化されていない。結果、諜報作戦は場当たり的に実行され、先日なども、同一現場に派遣された憲兵隊同士がお互いを逮捕してしまうという、笑うに笑えない事件が起きたばかりであった。

スパイ活動を〝水商売〟と呼んで軽んじてきた陸軍内の風潮が裏目に出た、何ともお粗末な顚末《てんまつ》だ。事態を憂慮した阿久津中将が自ら収拾に乗り出した。今後は〝剃刀《かみそり》〟とあだ名される阿久津中将の下で指揮命令系統が一本化されるのはまず間違いない――。

風機関か、D機関。

どちらか一方が〝不要〟になるということだ。

食うか、食われるか。

機関の活動は、単に帝都の秘密情報防衛を目的とするのみならず、組織の存続を賭《か》けた争いということになる……。

風戸はニヤリと笑い、もう何度となく繰り返した言葉を口の中で呟いた。

――生き残るのは、俺たちの方だ。

結果は、考えるまでもなかった。

生存競争は追う側に有利に働く。

それが自然界の法則なのだ。

後発の組織が先発のそれを上回るために必要なことは、ただ一つ。

〝利用できるものは利用し、それ以外は切り捨てる〟。

以上であった。

4

風戸は、D機関について集めた情報を二つのカテゴリーに分類した。

〝利用すべき〟と〝切り捨てるべき〟。

利用すべき点としては、例えば、機関の者は全員髪を伸ばし、背広を着て、外見では決して陸軍将校と見えない偽装をすること。また、天皇の名を耳にしても絶対に〝気をつけ〟の姿勢を取らない訓練をする、といったことだ。天皇の名に反応して〝気をつけ〟の姿勢を取るのは軍人だけだ。いくら外見を地方人らしく装っても、〝天皇〟と耳にするたびに身分を明かしてしまったのでは諜報員としては失格である。

その他にも、D機関で行われている特殊教育――刑務所から連れてこられたプロの掏摸《すり》や金庫破りの常習犯による実技の指導、手品師によるカードのすり替え、ダンスや撞球《どうきゅう》の技術教授、はたまた歌舞伎《かぶき》の女形《おんながた》を招いての変装技術や、変わったところではプロのジゴロによる女性の口説き方の実演、といった教育内容を採用することに、風戸はいささかのためらいもなかった。

――利用できるものは骨までしゃぶり尽くせばいい。

それだけの話だ。

一方で、切り捨てるべき点ははっきりしていた。

D機関で最初に叩き込まれるという、あの奇妙な行動原理〝死ぬな〟〝殺すな〟である。諜報機関が陸軍内の組織である以上、組織の基盤そのものを腐らせる原理原則を認めることなど、絶対に出来るはずがない。何よりそのような禁止条項を設けること自体、思い切ったスパイ活動への自縛行為となるのは明白であった。

先行するD機関を凌《しの》ぐためにも、風戸は機関員に対して逆に、

――躊躇《ちゅうちょ》なく殺せ。

――潔《いさぎよ》く死ね。

徹底的にそう叩き込んだ。

何も難しいことではない。幼い頃から軍人教育を受けてきた者たちにとって、〝殺せ〟〝死ね〟と言われるのはむしろ自然なことだ。

諜報機関員として学ぶべきは、そのために必要な〝最も合理的な方法論〟であった。風機関では、しばしば有能な外科医を招き、また実際の人間の死体を使って、解剖学の講義が行われた。そこでは、ナイフや銃を用いて相手を一撃で殺害するためには、どこをどう狙えば良いのか。逆に、相手を生かしたまま苦痛を最大限与え続けるためにはどうすれば良いか。そのためのナイフの刃の向き、角度、手首の使い方、力の入れ具合といったものが実地に訓練された。また、銃ならばどの口径のものを使い、ど

の距離で、あるいはどんな種類の銃弾を使うことで人間の肉体にどんな損傷を与えることができるか等、様々な実験が行われた。

もう一つ、重要な点がある。

風戸は、風機関設立と同時に、阿久津中将を説き伏せ、謀略器材開発のための秘密研究所を設立させたのだ。そこで開発されたものは、例えば、無色透明、無味無臭、検知不可能という新しい毒薬であり、この毒薬を使うために、食事中、相手に気づかれぬよう飲食物に毒を混入する方法、さらにはそのために必要な器具——目立たぬ形で掌に取りつけることのできるスポイト状の容器——等の研究開発が行われた。

訓練の仕上げとして、風戸は機関員を順次、北支前線の憲兵隊に派遣した。

実際にその手で人を殺させるためにだ。

大陸では、盧溝橋《ろこうきょう》事件をきっかけに始まった中国との戦争が、泥沼化の様相を呈しはじめていた。開戦当初、すぐに降伏するかと思われた中国軍はなかなか抵抗をやめず、前線は徒《いたずら》に拡大し、しかも日本軍が〝解放してやった〟はずの現地の農民は、中国重慶《じゅうけい》政府側のスパイとして日本軍の動きを逐一密告している有り様だ。

そのような政治状況の中、風戸が機関員たちに与えた任務は、身分を偽って北支派遣軍憲兵隊に潜りこみ、摘発されてきた中国人スパイを、敵味方双方に気づかれることなく密かに〝処刑〟することだった。

闇に紛れてナイフや銃を使う。あるいは密かに毒を飲ませる。方法は各自に一任された。任務の条件はただ一つ。自分が手を下した相手が死ぬ瞬間を、その目で見届けることだ。但し、万が一処刑の現場を誰かに見咎《みとが》められた場合は、身分を隠したまま、その場で自決することが要求された。風戸が機関員たちに求めたのは、敵をその手で殺し、あるいは仲間が目の前で殺されたとしても、表情一つ変えることなく任務を遂行し続ける非情の戦士となること。そのための〝非情の情〟を鍛え上げることだった。

北支に派遣した機関員が無事最後の訓練を終えて戻ってくると、風戸ははじめて「これで貴様もわれわれの一員だ」と満足げな笑みを見せて手を差し出し、そのうえで語調を改めて、こう復唱させた。

「われわれは秘密戦士の帝国軍人なり。御《ご》勅諭《ちょくゆ》の精神を体し、大義に透徹すべし」

復唱を終えて敬礼を返す機関員の眼には必ず、その手で直接人を殺した者のみに宿る冷ややかな光が見てとれた。

風機関を構成するのは、一人一人が大日本帝国陸軍軍人としての誇りを胸に刻みつけた非情の戦士であり、殺し、殺されることを何とも思わぬ日本陸軍最強の精鋭たちであった。

〝地方人〟の寄せ集めに過ぎぬD機関に——己の手で人を殺したこともない、また自ら死ぬ覚悟もない者どもに敗れることなど、考えるだけで馬鹿馬鹿しい限りであった。

5

「……派手にやっているようだな」

阿久津中将が、踵《かかと》を合わせて敬礼した風戸にちらりと目をやり、低い声で言った。

「お手数を、おかけしております」

風戸は、表情を変えずに言葉を返した。

久しぶりに阿久津中将から呼び出しを受けた。いつかと同じ参謀本部奥の薄暗い小部屋。かすかに黴《かび》の臭いが鼻につく。阿久津中将が極秘に人に会うための、普段は滅多に使われない部屋なのだろう。

お互い、何の話かとは重ねて尋ねなかった。

設立からほぼ一年。風機関は、すでにいくつかの目覚ましい成果を上げている。

数日前も、重慶政府のスパイ二人を潰したばかりだ。

首謀者は、支那《しな》領事館に出入りする楊《よう》という商人。風機関の者が楊を監視していたところ、あるフランス人神父と頻繁に教会内で接触していることが判明した。現場を押さえるべく教会に踏み込むと、フランス人神父は突然、隠し持っていた青酸カリで服毒自殺を図った。楊は慌てた様子でその場を逃げ出したので、機関員が後を追い、古い倉庫の中に追い詰めて射殺した。

二人の死体は極秘に始末された。

その後、フランス・支那両領事館から、両名の安否に関して日本陸軍に問い合わせがあり、その際「両名は自発的に失踪《しっそう》。行方は分からない」と阿久津中将の名前で回答した経緯がある……。

阿久津中将は軽く目を細め、再び口を開くと、低い声で風戸に尋ねた。

「あの二人は、本当に重慶政府のスパイだったんだろうな？」

「その点は、間違いありません」

風戸はきっぱりと言い切った。

射殺した楊の自宅、および自殺したフランス人神父の身辺から、彼らのスパイ行為を証明する物的証拠は発見されなかった。が、少なくとも自殺を図り、逃亡を試みたからには、何かしら後ろ暗い点があったことは間違いない。万が一、彼らがスパイでなかったとしても、スパイ行為を疑われた者に断固とした処置を取ることで、本物のスパイたちを震え上がらせ、結果、帝都防諜の強化に役立つはずである。

――疑わしきは排除せよ。

風戸は、自らの判断にいささかの疑問も感じてはいなかった。

「まあ良い。そんなことは、どうでも良いことだ」

阿久津中将はそう呟くと、体を後ろに引いて椅子の背にもたれかかった。

「貴様、この人物を知っているか？」

阿久津中将は引き出しから一葉の写真を取り出し、机の上に滑らせた。

風戸は写真にちらりと目を走らせ、すぐに頷いた。

白幡《しらはた》樹一郎《いちろう》。

かつて英国大使を務めたこともある元外交官だ。今年六十二歳。裕福な家に生まれ、閨閥《けいばつ》にも恵まれた白幡は、良く言えば不羈《ふき》奔放《ほんぽう》、悪く言えばいつまでもお坊ちゃん気分が抜けぬ利《き》かん気の性格で、これまでも何かと物議を醸《かも》す言動が多かった。

英米との対立が深刻化し、一方でドイツとの関係を深めているこの御時世に、

「日本は英米のような自由主義の海洋国と手を携えてこそ国の発展もあるので、枢軸《すうじく》陸軍国と結んで何の得があろう。一日も早くナチス・ドイツなどとは手を切り、英米と握手をする努力をすべきである。尤も、英米が応じるかどうかは甚だ疑問であるが」

などと、公の場で平気で吹聴《ふいちょう》して憚らぬという人物だ。

近ごろは軍部の不興をかい、外交の場から遠ざけられている。今はたしか、伊豆辺りの別荘に蟄居《ちっきょ》させられているはずだ……。

風戸はそこまでの情報を頭の中で反芻《はんすう》して、顔をしかめた。

昨今の国際情勢を鑑みれば、日本が英米と手を握ることなど、およそあり得べからざる事態である。本気で言っているのだとすれば、頭がおかしいとしか思えない。

――白幡に監視をつけろ。

阿久津中将の命令に、風戸はかすかな戸惑いを覚えた。

すでに蟄居させられている老人が、大した問題になるとは思えない。頭のおかしな元外交官が、今度はいったいどんな不始末をしでかしたというのだ？

だが、続いて発せられた言葉に、風戸は思わず耳を疑った。

――白幡には『統帥綱領《とうすいこうりょう》』を盗読《とうどく》した疑いがかかっている。

阿久津中将は、表情も変えずにそう言ったのだ。


『統帥綱領』。

日本陸軍の戦略思想および基本的な戦術思想をまとめたもので、最高ランクの〝軍事機密扱い〟に指定されている。

他の典令範と異なり、軍令としての公示手続きをとらず、特定の将校だけが厳密な規則のもとで閲覧を許可される。

『統帥綱領』の一部を抜萃編纂《ばっすいへんさん》した『統帥参考書』が陸軍大学の兵学教科書として用

いられていた。それにしたところで〝軍事機密〟の一ランク下、〝軍事極秘扱い〟であり、陸軍トップエリートの陸大生のみが閲覧を許されるだけだ。

軍事機密である『統帥綱領』が盗読された。

事実だとすれば由々しき事態である。しかし――。

当然の疑問が、すぐに頭に浮かんだ。

元外交官、軍人ですらない白幡には、そもそも『統帥綱領』に近づくこと自体不可能なはずだ。

「……どんな〝事故〟があったのです?」

極力感情を抑えて尋ねた。

陸軍上層部 某《なにがし》のミス。それ以外考えられなかった。

阿久津中将はしばらく無言のまま、指先で机の上をこつこつと叩いていたが、

「名前を明かすことはできない。そのつもりで聞け」

と前置きしてから、ようやく口を開いた。

先日、白幡がある陸軍幹部に会いに陸軍省を訪れた。二人は旧知の間柄であり、昨今はお互いの立場上、良好とはいえないまでも、顔を合わせて意見を交わす程度の関係は続いていたらしい。

白幡が訪ねてきてすぐ、陸軍幹部は別の案件で大臣に呼ばれ、部屋を空けた。すぐ

に戻るつもりだったが、予想外に手間取り、部屋に戻った時には白幡の姿はすでに見えなかった。

その時になって、机の上に『統帥綱領』を置いたままだったことに気づいたのだ。

しかも、動かされた形跡がある。

慌てて秘書に尋ねたところ、白幡はずっと部屋で一人で待っていたという。

時間にすれば三十分かそこらだ。

だが、白幡は現役の外交官時代、非常な速度で書類に目を通し、しかも文章内の細かい数字まで完璧《かんぺき》に頭に入れるという、常人離れした特技で周囲に恐れられていた。

もし白幡が『統帥綱領』に目を通したとすれば、その内容を頭に入れて持ち帰ってしまったとしても不思議ではない……。

聞いて、風戸は苦々しい思いで顔をしかめた。

――軍機書類を机の上に放り出していた、だと？

考えられぬ失態だった。

――白幡と旧知の間柄……誰だ？

何人かの幹部の顔がすぐに頭に浮かんだ。が、今は犯人捜しをしている場合ではなかった。

「近く、白幡に英国のスパイが接触する可能性がある」

阿久津中将の言葉に、風戸は無言で頷いた。

〝親英派〟として知られる白幡の動向に、英国のスパイが関心を寄せていないはずがない。白幡が重要な機密情報を手に入れたと知れば、間違いなく接触を試みるであろう。

『統帥綱領』の内容を、英国に知られてはならない。

あの白幡なら、陸軍に対する当てつけのためだけにでも平気でやりかねない。

いや、きっとやるだろう。

だとすれば、今回の一件は逆にチャンスでもあった。

情報を手に入れるためには、英国スパイは直接白幡に接触しなければならない。その場を押さえれば、現在知られていない英国のスパイを一人、確実に〝始末する〟ことができる。のみならず、〝親英派の顔〟である白幡をスパイ容疑で逮捕してしまえば、国際情勢を無視して今なお親英米派を気取る国内の無能な知識人どもの面目は一気に丸潰れになる――。

禍《わざわい》転じて福となす。

正に諜報機関として面目躍如であり、振り返って〝事故〟を起こした軍幹部に対しても決定的な恩を売ることができる。

――悪くない話だ。

一刻も早く任務にとりかかるべく、風戸は無言のまま阿久津中将に再び敬礼し、踵《きびす》を返した。ドアノブに手をかけたところで、背後で低い声が聞こえた。

「同じ情報をD機関にも流しておく。……いいな」

風戸は一瞬動きを止め、だが、そのまま振り返らずに部屋を出た。

6

阿久津中将は、この一件で風機関とD機関を競わせるつもりなのだ——。

望むところだった。

風戸は精鋭揃いの風機関の中でも特に六名を選び出し、自ら彼らを率いて作戦にあたることにした。

作戦開始に際して、まず幾つかの偽装が準備された。

機関員の身分を隠蔽《いんぺい》する偽の身分《カバー》としては大東亜物産が選ばれた。

大東亜物産は都内に実在する貿易会社だ。

陸軍に物資を納めている関係で、大東亜物産にはこれまでもしばしば奇妙な依頼がなされてきた。今回の作戦期間中、万が一、会社に問い合わせがあった場合でも、

——風戸課長他六名の社員が、研修のため伊豆に出張中である。

と答えることになっている。

一切理由不問。

大東亜物産側としても、うまみが多い陸軍との商売を考えれば、この程度の依頼は何でもない。

大東亜物産から支給された本物の社員章をつけ、髪を伸ばし、背広を着た七名の者たち。彼らは外では一切軍隊用語を口にしなかった。今回の作戦について話す場合も、標的《マト》である白幡樹一郎は〝ハクスレー〟、英国のスパイは〝お客〟、『統帥綱領』は〝主要商品〟の符丁に言い換えられ、誰かが会話を聞いたとしても、商売の話をしているとしか思えないよう偽装がなされている。

作戦中、D機関は〝ライバル社〟の符丁で呼ばれることになった。

風戸は〝ハクスレー〟こと白幡樹一郎の動静を監視する一方、同じく白幡を監視しているはずのD機関の動きを機関員たちに慎重に探らせた。

今回の任務は、たんに白幡に接触する英国スパイを逮捕すれば済む話ではない。むしろ、如何《いか》にしてD機関を出し抜き、先んずるかこそが重要なのだ。

だが、いくら探りをいれても白幡の周囲にD機関の気配は感じられなかった。

尤も、これはお互い様であり、逆にD機関の者たちにしたところで、風戸たちの活動を突き止めることは困難なはずだ。それぞれの諜報機関が独立で活動している以上、双方、暗闇の中で手探りをする状態となるのは、ある意味当然といえた。

このため、複数の諜報機関が競合する場合は、お互いの出方を探りつつ、打てる時に打てる手はすべて打っておくことが重要になる。

今回の作戦にあたって、風戸がもっとも気を遣ったのが〝埋け込み《い》〟であった。

埋け込みとは、標的《マト》の身辺にあって標的の動向を逐次伝える内部情報者を作ることをいう。

基本は、脅迫と甘言。

そのどちらか、もしくは両方を使えば、大抵の者は簡単に親しい人間、恩義ある者を裏切り、内部情報者となる。一般に考えられているほど、それは困難な作業ではない。

調べてみると、さすが〝お坊ちゃん〟と呼ばれるだけあって、白幡の別荘には、この御時世にもかかわらず、彼の世話をするためだけに少なからぬ数の者たちが雇用されていた。

何人かの書生をはじめ、専属の料理人、女中、下女、下働きの作男……。

屋敷に毎日寝泊まりしている者だけでも十名を下らない。

風戸は機関員に命じて、一人一人の経歴を洗い出させた。

だが、白幡の別荘に雇われる時点で綿密な人物調査が行われたらしく、後ろ暗いところのある人物は一見して見当たらなかった。全員、経歴《まえ》は奇麗なものだ。

このままでは〝埋け込む〟きっかけがつかめない。

報告書を前に腕を組んだ風戸は、一人の男の写真に目を留めた。

森島邦雄。

最近、白幡の書生になった一人で、華奢な身体をした、色白細面の若者だ。京城生《けいじょう》まれ。報告書には、家族の写真も添付されている——。

風戸は一瞬写真に目を細め、機関員の一人を呼びつけると、森島についてもう一度徹底的に洗い直すよう命じた。

案の定、森島邦雄は両親の間にできた子供ではなかった。その可能性を、風戸は写真を一目見て見抜いたのだ。戸籍上〝嫡子、長男〟となっているが、実際には父親がむこうの女に産ませた庶子である。京城生まれ。むこうの女。だとすれば——。

風戸はにやりと笑った。

半分朝鮮人。

公表すれば、今日《こんにち》の日本社会で公私共にどれほど不利な扱いを受けるかは火を見るより明らかだ。脅迫と甘言のネタとして、これ以上のものはない。

偶然を装って森島に接近した風戸は、たちまちにして彼を〝落とした〟。

かくて標的《マト》の身辺に森島という内通者を得た以上、後は〝お客〟が来るタイミングを待てば良いだけだった——。

「……一献、頂きます」

機関員の一人が、風戸の前に膝を進めた。

差し出された盃に酒を注ぐ間、男は何げない口調を装って風戸に尋ねた。

「部屋から生け花がなくなったことを、ハクスレーさんは気にしませんかね？　気分を害して、お客に今夜は来ないよう言われたんじゃ元も子もありませんが……」

〝生け花〟は内通者である森島、〝ハクスレー〟は白幡の符丁だ。

今夜〝お客〟が来ることを知らせに来た森島を、風戸は先ほど機関員の一人に車で送るよう命じ、途中で彼を殺すよう密かに指示した。そのために、眠り薬の入った酒を森島に飲ませた。

風戸は酒を注ぐ手を一瞬止め、顔も上げぬまま、

——危険性《リスク》の問題だ。

と目の前の相手にだけ聞こえる低い声で言った。

何人もいる書生一人の姿が見えないことに、あの白幡がそもそも気づくかどうか怪しいものだ。いや、たとえ気づいたとしても、自ら〝自由主義者〟を気取る白幡のことだ、若い者が夜遊びに行ったとくらいに考えて気にかけないだろう。

それよりは、森島が別荘に戻って挙動不審の振る舞いをすることの方がよほど危険だった。人間というのは不思議なもので、まさに裏切っている最中より、裏切ってしまった後の方が露見しやすい行動を取る。愚かにも〝自分は悪いことをしたが、しかし謝ればなんとか許してもらえるだろう〟、そんなふうに思うものなのだ。

自分が行ったことへの責任は、自分自身が引き受けるしかない。だが——。

——半分朝鮮人の森島には、責任など期待するだけ無駄だ。

それが、今回の作戦期間中、対象を観察してきた風戸の判断だった。

返盃《へんぱい》を受けながら、風戸は頭の中で今夜の手筈《てはず》をもう一度改めて確認した。

この後は、時間を見て全員が順次旅館を抜け出し、別々に白幡の別荘に集合することになる。

各自、予《あらかじ》め指定された位置に展開。

もし屋敷の中から出てくる者があれば、その場で確保する。

突入予定は〇三〇〇《マルサンマルマル》。

全員で一斉に屋敷内に踏み込み、〝お客〟もろとも白幡を逮捕する——。

シンプルな作戦だが、どんな場合も、仕上げは単純なほど良い。下手にけれん味を出せば、土壇場で失敗する可能性が高くなるだけだ。

仕込みには充分手をかけ、仕上げは可能な限りシンプルに。

それが風機関の基本方針だった。

風戸は盃を干すと、その場に立ち上がり、ぽんと一つ手を打った。

「諸君、聞いてくれ」

視線が集まった。

「一週間にわたるこの研修もいよいよ今日までだ。皆ご苦労だったな。最後にもう一仕事。それで終了だ。言うまでもないことだが、ここから先は臨機応変に。くれぐれも研修の成果を期待している」

全員が無言で頷くのを確認して、風戸は満足げに唇の端を歪めた。

臨機応変。

踏み込んで、その場に予期せぬ者が――例えばD機関の者が――居合わせれば、有無を言わさず、もろとも逮捕するという意味だ。D機関が阿久津中将の言うほど優秀な組織であれば、何らかの方法で白幡の別荘に今夜〝お客〟が訪れることを突き止め、現場に居合わせる可能性が高い。

――抵抗するようなら、殺せ。

風戸は密かにそう指示していた。が、所詮《しょせん》相手は半地方人だ。しかも〝死ぬな、殺すな〟などと教え込まれた者どもが、殺し、殺されることを躊躇しない風機関の精鋭にまともに抵抗できるとは思えない。連中を生かしたまま逮捕することは、さほど困難ではないだろう。

逮捕されて身分を晒《さら》されたスパイは、もはやスパイとして使い物にならない。否、逮捕者を出した時点で、諜報機関としては失格だ。

逆に、もし今夜D機関の者が現れなければ、即ち組織の無能を証明することになる。

どちらに転んでも、D機関を潰す絶好の機会であった。

――おいおい、頼むぜ。できれば自分で姿を現してくれよ。その時は……。

「赤恥をかかせてやる」

風戸は小さく声に出して呟き、まだ見ぬ敵手《ライバル》に舌なめずりをした。

7

突入予定時刻十五分前――。

風戸は、予定通り最後に白幡の別荘前に到着した。

他の機関員たちは目立たぬよう順次旅館を抜け出し、それぞれすでに別荘周辺に展開して、所定の位置で監視についているはずだ。

各自事前に何度も地図を確認して、周辺の地理は完全に頭にたたき込んである。今夜、機関員たちの監視の目を逃れて別荘に出入りするのは、何人《なんぴと》たりといえども不可能であった。

侵入者を拒む高い鉄柵《さく》ごしに、別荘の正面玄関が見える。

風戸は道端の木立の陰に近づき、見えない相手に向かって低く尋ねた。

「……何か動きは？」

「まだ、ありません」

木立の陰から、押し殺した声が返ってきた。

訓練どおり、完全に気配を消している。

風戸は満足げに目を細め、すぐに自分自身、近くの木立の闇に同化した。

息を潜め、正面玄関を見つめる。

周囲には、やかましいほどの虫の声だけが響いている……。

ふと、妙なことに気づいた。

いくら何でも静かすぎる。

白幡の別荘には常時十名を超す者たちが寝泊まりしているはずだ。全員寝静まった深夜の時間だとしても、スパイとしての訓練を受けていない一般人が完全に気配を消すことは不可能。何らかの気配が外に漏れてきて然《しか》るべきだ。が、いくら探っても、別荘の中に人の気配を感じることができなかった。まるで——。

風戸はハッとして、闇から抜け出た。

さっき声をかけた木立の陰に、一瞬驚いたような気配が揺れた。

――貴様は、そこで待っていろ。

低く命じおいて、一人で別荘に向かう。

門の鉄柵に手をかけると、意外なことに鍵《かぎ》はかかっていなかった。

音を立てないよう気をつけながら、そっと門を引く。薄く開いた隙間から、身体を別荘の敷地内に滑り込ませた。

素早く左右に目を走らせる。

探していた物は、すぐに見つかった。

空の犬小屋。

森島はこう言ったはずだ。

――いつもは庭に放しておく犬を、今夜に限って小屋につないでおくよう言われました。

森島がつないできたはずの番犬の姿が見えない。

いや、犬だけではない。屋敷の中には人の気配が一切感じられなかった。

風戸はもはや周囲を気にすることもなく、中庭に敷かれた玉砂利を踏み締めながら、足音も高く別荘の正面玄関へと向かった。

玄関の扉にも、やはり鍵はかかっていなかった。

乱暴に扉を押し開ける。

暗い屋敷の中に反応は一切ない。

風戸はそのまま別荘の中に踏み込んだ。内部の見取り図はむろん頭に入っている。別荘の外観は和洋折衷様式だが、内は完全な和風の造りだ。

土足のまま廊下を進み、畳の部屋を突っ切った。

奥に向かって続く襖《ふすま》を次々に開けていく。

暗い屋敷の中には、人の姿はおろか、動くものは猫の子一匹見当たらなかった。

――こんな馬鹿な……いったい何があった……？

風戸は目の前に立ち塞《ふさ》がる襖の壁を乱暴に左右に押し開けながら、足早にさらに奥へと進んだ。

別荘の一番奥、白幡がふだん書斎として使っている部屋の襖を開けた瞬間、ぎょっとして足を止めた。

部屋の真ん中に置かれた椅子に、黒い人影が座っていた。

余分な肉など一グラムもない、痩《や》せぎすといって良いほどの細身の身体。日本人としては上背がある方だろう。伸ばした髪を後ろになでつけ、屋内だというのに白い革の手袋をはめたままだ。

その男が何者なのか、風戸は知っていた。

結城中佐。

D機関を一人で作り上げ、その後、一人で機関を率いている男。風戸と似たことを考え、実行する好敵手《ライバル》。だが――。

「……ご苦労だったな」

影が破れ、低い声が聞こえた。

刹那《せつな》、風戸は覚えず背筋に冷たい汗が流れるのを感じた。

――魔王。

どこかで耳にしたそんな言葉が一瞬頭に浮かび、すぐに消えた。

8

大きく目を見開き、呆然と立ち尽くす。

その時だ。脳裏に一つの可能性が浮かんできた。

今夜、英国のスパイが訪れるはずだった白幡の屋敷から忽然《こつぜん》と人が消えた。完全なもぬけの殻だ。しかも、別荘の連中が慌てて立ち去ったのは、取り散らかった各部屋の様子を見れば一目瞭然《りょうぜん》だった。彼らは取るものもとりあえず、犬だけを連れて慌てて立ち去った。まるで襲撃されることを知って、急いで逃げ出したかのように――。

「さては貴様、漏らしたな……」

風戸は喉《のど》の奥から、やっとのことで声を絞り出した。

結城中佐は、何らかの方法で風戸たちの今夜の作戦を知った。そして、その情報を白幡にリークした。

そうとしか考えられなかった。目的は——。

風機関に先をこされないためにだ。結城中佐は、競争相手である風機関に手柄を奪われ、結果、D機関が潰されることを恐れた。だから、情報をリークすることで、今夜行われるはずだった風機関の作戦を妨害した……。

頭にかっと血が上った。椅子に座った人影に向かって一歩踏み出す。と同時に、罵《ば》声《せい》が口をついて出た。

「畜生《ちくしょう》！　貴様、よくもやりやがったな！　作戦妨害だ！　見てろよ、必ず軍法会議にかけてや——」

言いかけた言葉を、風戸は最後まで言い切ることができなかった。

黒い人影が微《かす》かに揺らめき、次の瞬間、気がつくと、尖《とが》った杖《つえ》の切っ先が眉間すれすれに突きつけられていたのだ。

「落ち着け」

再び影が破れ、低い声が耳に届いた。

「俺たちは何もしていない」

「何も、していない……だと？」

風戸は眉間に杖先を突きつけられ、身動き一つできないまま、嘲笑《あざわら》うように言った。下手に動くと、眼球を抉《えぐ》られ、そのまま脳に突き立てられそうな異様な殺気が杖の先から立ちのぼっている。脇に吊《つ》るし持った銃に手を伸ばすことなど到底できそうにない。背中を、冷たい汗が流れ落ちた。

「だったら、なぜだ？　なぜここには誰もいない？　白幡はどこに行った？」

「今夜、貴様たちの給仕をした宿の女中を覚えているか」

杖先が、眉間からわずかに逸《そ》らされ、右眼の前でぴたりと止まった。

「貴様たちの正体が軍人だと、あの女中にとっくに見抜かれていた。……貴様たちのことを白幡に知らせたのは俺たちじゃない、あの女中だ」

宿の女中、だと？

言われて、とっさに何のことだかわからなかった。

襖を開け、どぎまぎした様子で座敷を見回した女中の顔。頬の真っ赤な、いかにも山出しの小娘。あいつが――近隣の農家の娘が家業の合間に手伝いにきたとしか見えなかったあの若い女が、周到に偽装された風戸たちの正体を見抜いて、白幡に通報した？　そんな馬鹿なことが……。

「嘘だ……」

風戸は喉の奥で呻《うめ》くように言った。

「あんな小娘に、俺たちの正体が見抜けたはずがない。もしあの女中が俺たちの正体を知ったのだとしたら、貴様が教えたからに決まっている……」

「逆だ」

冷ややかな声が返ってきた。

「俺は逆に、今夜、あの女中から貴様たちの正体を教えてもらったんだ」

「嘘だ、そんなことがあるものか！」

反射的に声を上げ、不意に、あることに気づいた。

「待て？　〝今夜、あの女中から教えてもらった〟だと？　それじゃ、まさか貴様、俺たちと同じ旅館にいたというのか？」

「何だ、気づいてなかったのか。すぐ隣の座敷で飲んでいたんだがな」

声質が微妙に変化し、それが呼び水となって、一つの場面が脳裏に浮かんだ。

今夜、機関の者たちと座敷で宴会を始める直前、風戸は間違ったふりをして、隣の部屋の襖を開けた。どんな人物が隣で話を聞いているのか確認するためだ。スパイにとっては当然の確認作業である。あの時――。

隣の座敷で年増《としま》芸者を相手に一人で飲んでいた五十年配の和服姿の男――肩越しに

振り返った横顔は、いかにも老舗《しにせ》の番頭風の好人物に見えた。まさかあれが、結城の変装だったというのか……。

「俺が気分良く芸者と飲んでいると、あの女中が入って来て、こっそりこう耳打ちしてくれたんだ。『お客さん、めったなことは大きな声で言わん方が良いですよ。お隣の座敷の人たちは、あれはきっと軍人さんですから』とな」

「馬鹿な……あんな小娘にわかるわけが……」

風戸が喘《あえ》ぐように呟いた疑問に、黒い人影はにやりと笑ったようだった。

「俺も気になって『なぜそんなことが分かるんだい？』と聞いてみた。そしたら女中は呆《あき》れた顔で、こう教えてくれたよ。

『この頃は大陸で激戦続きのようで、若い男は次々に召集されているんです。この辺りでも、補充召集がひっきりなしで、今じゃ健康な若い男なんて、すっかり見なくなってしまいました。東京辺りでも事情は同じようなもんでしょう？　学生さんだけはまだ徴兵されないらしいが、会社や銀行の勤め人で、今どきあんなはちきれそうな体をした若い男が七人も八人もそろっているところなどあるはずがない。いくら髪を伸ばして、背広姿で、会社の研修なぞといっても、あれは軍人さんに決まっている』

これを聞いて、俺も〝なるほど〟と感心したわけさ」

黒い人影はそう言うと、さもおかしそうに短くくっくっと笑った。

「男の数が減っていっているこの御時世、健康な若い男は、俺たちが想像する以上に女どもの関心の的となっているようだな。……そう言えば、この辺りでもう一ヵ所、健康な若い男が何人も集まっている場所がある。この白幡の別荘だよ。何しろ〝はちきれそうな体をした若い男〟が何人も書生として住み込んでいるんだ。近隣の女どもの注目を集めないはずがない。……そう、例えば森島邦雄。色白でなかなか美形の彼なぞは、この辺りじゃすっかり有名人だったようでね。森島はふだんは滅多に酒を飲まない。そんなことまで、あの女中は知っていたよ」

——くそっ。

風戸は小さく舌打ちをした。

とんだ計算違いだ。

あの女中が森島を知っていた。

とすれば、その後の展開は容易に想像がついた。

風戸は眠り薬入りの酒を森島に飲ませ、部下の一人に車で送って行くよう命じた。即効性の眠り薬だ。あるいは、滅多に酒を飲まない森島は、車に乗り込む時点ですでに様子がおかしかったのかもしれない。それを見ていた女中が、森島の身を案じて白幡の別荘に電話を入れた。

——うちの旅館に泊まっている軍人さんたちが、森島さんに無理にお酒を飲ませたようだ。車で送ってもらうみたいだから、そっちでも様子を見てほしい。

だが、いくら待っても森島を乗せた車は到着しなかった。当然だ。事故に見せかけて、途中で海に投げ捨てるよう、風戸が部下に命じたのだから。

白幡の別荘では、異変を察して、大騒ぎになった。

——民間人に変装した軍人たちが、どこかに森島をつれ去った。

そう思ったのではないか？

ただでさえ後ろ暗いところがある白幡は、この情報を聞いて震えあがった。

慌てた白幡は、今夜はとりあえずこの別荘を逃げ出すことにした。身の回りの貴重品と、犬を連れてだ。

——くそっ。まさか、あんな山出しの小娘に正体を見抜かれるとは……。

怒りと混乱とが、等しく身体の中を駆け巡っていた。

「おかげで助かったよ」

黒い人影が、にやりと笑って言った。

「いくら阿久津中将直々の命令とはいえ、こんなもののために手数を掛けたくはなかったからな」

言われて初めて、黒い人影が膝の上に一冊のノートを広げていることに気づいた。

「ふん。白幡の奴、まだボケてはいないとみえる。ざっと読んだだけで、これだけのメモを作成できるとはな。もう少し若ければ、うちにスカウトしたいくらいだ」

風戸は無言のまま、ごくりと唾を呑み込んだ。

『統帥綱領』。

白幡はやはり機密書類を盗読し、あまつさえメモまで作成していたのだ。

とっさにノートに手を伸ばそうとした。が、たちまち突きつけられた杖先に完全に動きを封じられた。

「おっかない軍人さんたちが来るというので慌てて持ち出したところを、すり替えておいた。貴様たちのおかげで、手数を掛けずに済んだ。改めて礼を言おう」

突き付けられた杖先から半ば顔を背けるようにしながら、風戸は低く尋ねた。

「貴様……まさか、そのノートを読んだんじゃないだろうな?」

「読まないでどうする?」

人影が微かに呆れた口調になって言った。

「読まなければ、目当てのものかどうかさえわからない。読んだとも。……実に馬鹿馬鹿しかったがな」

「馬鹿馬鹿しい、だと……」

白幡の常人離れした恐るべき記憶力で作成された『統帥綱領』ノート。そこには日本陸軍の最高機密、高級統帥に関する大綱が記されていたはずである。それを、馬鹿馬鹿しいとは、いったい——。

「ここに書かれているのはすべて、所詮は戦略・戦術の理論的諸原則だ」

人影が片手でノートを取り上げ、顔の脇で軽く振りながら、諭すように言った。

「戦略・戦術の理論的諸原則は、それがいかに優れた独創的なものであろうとも、味方の高級指揮官がその内容を熟知研究し、かつ実地に使いこなしてこそ、はじめて意味がある。それを、あたかも武術の奥儀を記した虎の巻よろしく、軍事上の高度の秘密にしてどうする？　およそ馬鹿馬鹿しいと言う以外あるまい。……それが今日の陸大教育、ひいては陸軍参謀どもの限界ということだ」

「貴様、何ということを……」

嚙み締めた奥歯が、ぎりぎりと音を立てた。

この男は、自身陸軍中佐でありながら、どこまでも陸軍を愚弄する気なのだ。

だが、現実には、陸大こそが大日本帝国陸軍のトップエリートたちを養成する機関だ。その証拠に——。

壁に掛かった柱時計にちらりと目を走らせた。

長針が、もうすぐ真上を指す。

風戸は、背けた側の顔半分で、相手には気づかれないよう微かに笑った。

〇三〇〇になると同時に、周辺に展開している風機関の精鋭たちが一斉にこの別荘に踏み込んでくる。

周囲の気配を慎重に探ったが、屋敷の中にはやはり他には誰もいなかった。

――こんなもののために手数を掛けたくはない。

結城は自分でそう言った。

今回の任務を馬鹿にしたあげく、たった一人で乗り込んできた――。とすれば、結城こそが、とんだ愚か者だ。阿久津中将に命じられた今回の任務の目的は『統帥綱領』を回収することではない。むしろ、風機関とD機関のどちらが優秀なのか、それを証明することなのだ。

一対七。

結城個人がどれほど屈強な人物なのかは知らないが、多勢に無勢、しかも武装した風機関の精鋭たちと同時に渡り合うことは絶対に不可能だ。生かしたまま逮捕し、阿久津中将の前に引き出して生き恥をかかせるもよし、万が一結城が風戸を盾にとって抵抗する場合は、直ちに射殺を命じることになる。その場合機関員たちは、一瞬もためらうことなく風戸もろとも結城を撃ち殺すであろう。結城を抹殺し、その上で白幡が作成した『統帥綱領』ノートを取り上げれば、結果的に風機関の勝ちだ。そのためには己の命を捨てることなど、取るに足りない話だった……。

柱時計が、時を打ちはじめた。

一つ、二つ、三つ。そして——。

静寂。

いくら待っても、聞こえてくるのは庭でうるさいほど鳴いている虫の声だけだった。

——どうした……なぜ誰も来ない？

「……六人か」

黒い人影が口を開いた。

「さっきうちの者たちが、別荘周辺に潜んでいる不審者を発見し、身柄を拘束したと報告してきた。六人。あれで全部か？」

風戸は大きく目を見開いた。何か言おうとして口を開き、結局、言葉にならなかった。

打てる手は、すべて打ったはずだ。それなのに——。

廊下に足音が近づき、部屋の奥の襖が予告もなく開けられた。

顔を出したのは、若い男だ。

暗がりに目を凝らし、男の正体に気づいた風戸は、思わず息を呑んだ。小柄な、端整な顔立ち。肌の色が生白く、そのせいか薄い唇はまるで朱を引いたように紅《あか》く見える……。

森島邦雄。

白幡の書生の一人だ。だが、森島には、今夜風戸が自ら眠り薬入りの酒を飲ませ、車で送って行く途中で殺すよう部下に命じたはずではないか。その森島が、なぜここにいる……？

「車の準備ができました」

森島は黒い人影に向かってそう言うと、一瞬風戸に目を向け、にやりと笑ってみせた。気がつくと、森島の脇から銃口がのぞき、風戸の胸をまっすぐに狙っていた。風戸がすっかり見慣れ、内心馬鹿にしていた、森島のあのおどおどとした態度は、今では拭《ぬぐ》ったように奇麗に消え去っている。

——馬鹿な……まさか、そんな……。

目の前に突きつけられた現実を、風戸の脳は懸命に否定しようとした。だが、いくら否定しようとも、真実は動かせなかった。

森島は——否、風戸たちが森島と呼んでいた若者は、D機関に所属するスパイの一人だった。〝半分朝鮮人〟という経歴も、おそらく偽物《ダミー》だ。そうしておけば、他の諜報機関が白幡の身辺に近づく際は必ず森島に食いついてくる。森島の偽の経歴は、一種の警報機として機能する。結城中佐は、最初からそこまで計算に入れていたに違いない。

案の定風戸たちは、森島の〝半分隠された〟偽の経歴《カバー》にまんまと食いついた。そして、森島に接近したことで、逆に風戸たちの動きがD機関に筒抜けになっていたのだ。

今夜、森島は風機関に対する逆スパイとしての任務を完了した。仮面を脱ぎ捨て、彼を殺そうとした風機関の者の身柄を反対に拘束した。〝用意した〟という車も、風機関の車を逆に奪ってきたものだろう。

結城中佐は、阿久津中将が監視を命じるはるか以前から白幡に目をつけていた。そして、機関員の一人を書生として白幡のもとに潜入させていたのだ……。

黒い人影は、収めた杖を手に椅子から立ち上がり、念を押すように風戸に言った。

「白幡は、現在残っている英国との数少ないチャンネルだ。きちんと監視をつけておけば、まだ充分に使える。今回のような下らぬ件で白幡に手を出すな。……尤も、逮捕しようにも、証拠も何もないわけだがな」

——証拠がないだと？　それじゃ……。

結城は、せっかく押収した『統帥綱領』ノートを握り潰すつもりなのだ。

そこまで分かっていながら、風戸にはもはや手も足も出なかった。

打つべき手はすべて打った。

その上で、完全に上を行かれた。

完敗だった。

砕け散ったプライドを胸に、その場にくずおれそうになるのを何とかこらえる。それだけで精一杯だった。

目眩《めまい》のような喪失感の中、耳の奥に己の声が甦った。

──似ていやがる。

D機関について集めた情報を前にして、一度はそう思った。だが……。

似てなどいなかった。

結城は自らほとんど動くことなく、風機関の影をちらつかせることだけで、今回の任務をまんまと遂行してしまったのだ。そんなことを思いつくのは化け物だけだ。生身の人間が競うことなど、できるはずがない……。

「車は、明日、返しておく」

黒い人影はそう言うと、ゆっくりと踵を返した。部屋を出て行く直前、ぴたりと足を止め、振り返らぬまま、低い声で尋ねた。

「貴様、天保銭の意味を知っているか？」

天保銭。

陸大を出た者だけが身につけることを許されたトップエリートの象徴。陸軍内における絶対的出世のパスポート……。

黙っていると、黒い人影がゆっくりと振り返り、杖を上げて、風戸の胸の辺りにまっすぐに狙いを定めた。

射竦《いすく》められたように、身動き一つできなかった。

黒い人影は、語調も変えず、低い声で続けた。

「江戸で使われていた天保銭は、その価値八厘。〝形は大きいのに一銭にも満たない〟。外の社会じゃ〝でくの坊〟の意味だ。ところがなぜか、陸軍関係者の間でだけは逆の意味に使われている。……そんなことだから、旅館の女中にさえ正体を見抜かれるんだ」

にやりと笑い、杖を下げた。

廊下を立ち去るいびつな足音が聞こえなくなった後で、ようやく金縛りが解けた。その時になって風戸は、突きつけられた杖先が漠然と己の胸の辺りに向けられていたのではなかったことに気がついた。

背広右胸の内ポケット。

見えるはずのないその場所を、結城の杖先は正確に指し示していた。

それが、結城が最後まで明かさなかった手品の本当のネタだった。

旅館の女中は何も、自分で口にしただけの理由で風戸たちの正体を見抜いたのではなかった。

風戸は今夜、森島を待つ間、酒を飲んでいた座敷の入り口で背広の上着を脱ぎ、女中に預けた。ところがあの山出しの不器用な女中は、預かった背広の上着を控えの間の衣紋《えもん》掛けに掛けようとして手際悪く取り落とし、その時、偶然あるものを見つけた。昭和十一年に〝見える場所への着用を禁止〟されて以来、陸大卒業生の多くがそうしているものを。だからこそ彼女は、風戸たち一行が軍人だと気がついたのだ……。

――畜生っ、あの野郎。馬鹿にしやがって……。

風戸は上着右胸の内ポケットに手を入れると、そこに縫いつけた天保銭を乱暴にむしり取って勢いよく床に叩きつけた。

蠅の王

1

「天津《テンシン》からこっち、わてら兵隊さんらと一緒に貨車にゆられて来ましてん」

「そうそう。みんなで《戦地慰問品》いぅ札を貼《は》られましてな」

「それはきみだけ」

「わいだけ？ ほんま？ よし、今度あの札、こっそりきみの背中に貼っとこ。〝コノ人ハ札付《フダツ》キデス。近寄ラナイデ下サイ〟」

「やめい、やめい」

「朝から晩まで、何ンにもない、だだっぴろーいところを一日中ガタンゴトン、ガタンゴトン。尻《しり》の下は板の上に筵《アンペラ》一枚敷いただけで……。まー、尻が痛いのなんの。あれなりゃ、お猿のお尻が赤なるのも無理はない」

「こらこら。兵隊さんとお猿を一緒にする奴があるかいな」

「えろうスミマセン。ウキィー！」

「アホはほっときましょ。いわゆる無蓋車《むがい》いうやつですな。風は吹きっさらし、みぞれは降ってくる、あられは吹きつける、おまけに鉄砲玉まで飛んできて……」

「無害車どころか、えらい有害車でしたわ」

「その無害やないがな。無蓋車いうのは蓋《ふた》がない。つまりは屋根がない貨車のことや」

「えっ、そやったの？　屋根無しはヤーネー」

「洒落《しゃれ》のつもりかいな。しょうむ無い。まあまあ、贅沢《ぜいたく》言うてもしゃあない。何せここは戦場《せんじょう》やさかいな」

「へー、この部屋、千畳もあんの？　意外に広いな。みなさん、お広いこって」

「アホ、その千畳違うわ。戦場いうのは、兵隊さんが戦《たたこ》うてはる場所のことや。ところできみ、昨日兵隊さんらと一緒に見回りに行ってきたんやって？」

「行ってきたで。敵の兵隊が塹壕《ざんごう》掘っているのンが、双眼鏡なしでも手にとるように見えたわ。途中で見つかってしもうて、向こうから撃ってきよった。すぐに穴掘って隠れたんで、どうってことなかったけどな。アハハハ」

「アハハ……って。豪気《ごうき》なもんやな。いや、大したもんや。見直したで。きみ、こっち来た最初の頃は、しょっちゅう『どないしょ、どないしょ。あっちにもこっちにも死体が転がっとるがな。しかもみんな顔やら手やら、野犬に食い荒らされとるわ。どないしょ』いうて震えとるばかりやったのに、エライもんや」

「そう言や、そないなこともあったなア」

「そないなこと、言うて……もう全部平気になったんかいな？」

「アホやな、きみ。聞いてへんのか。あれはみんな支那《しな》の兵隊の死体やで。日本の兵隊さんの死体やあらへんがな」

「そりゃまあ、そうやな」

「中に、たまーに、頭も顔も手も奇麗に残っとる死体があったやろ」

「あったな」

「あれ、家出るときに夫婦喧嘩《げんか》してきた奴やな」

「何？」

「何遍《なんべん》も言わすなや。よぉ聞きや。『頭も顔も手も奇麗に残っとんは、家出るときに夫婦喧嘩してきた奴やな』言うてるんや」

「ははア、〝夫婦喧嘩は犬も食わない〟」

「オチ、わいに言わしてえなー」

「スマン、スマン。その代わり、きみにエエこと教えたろ。内地でこないだから、商店やら百貨店で、品物に全部正札《しょうふだ》つけることになったやろ」

「なったなー。あれ以来、値切られへんようになってエライ迷惑や」

「そんなこと言うもんやない。あの正札と戦争には大いに関係があるんやで」

「正札と戦争？　ほんまかいな？」

「考えてもみいな。正札ついてないと、つい商売人の方で掛け値を言う。すると買い手も値切る。『おい、負けてくれ』」

「なるほど。戦争に『負けてくれ』は不吉やもんな」

「その点、正札が付いてると商売人の方でも堂々と売れる。『どんどん勝（買）って下さい』」

「こら勉強になるな。メモしとこ」

「ついでや。もひとつ教えたろ。一昨年《おととし》、東京オリンピックがとりやめになったやろ。あれも、この戦争に勝つためや」

「どういうこと？」

「五輪《ごりん》（厘）より、この一戦《いっせん》（銭）が大切」

「うまいこと言うたなー。よしっ、そんならわいもひとつ考えたで。ここにおる兵隊さんたちが、なんでみんな揃《そろ》いも揃うて男前で、そんでもって穴掘るの上手いのんか、きみ、わけ知っとるか？」

「兵隊さんたちがみんな男前なのは当たり前やがな。昔から諺《ことわざ》にも『花は桜木《さくらぎ》、男は武士』いうくらいや。ほんでも、穴掘るの上手い？　大体きみ、なんでそんなこと知っとるの？」

「花より塹壕」

「はっ？」

「そやからな、花より塹壕……」

「それを言うなら、花より団子」

「あっ、せやった！」

「ははア。それできみ、こないだから暇《ひま》見つけてはせっせと穴掘っとったんか。……それにしても、昨日は穴掘って隠れる間に、よう敵の弾丸に当たらんかったたな」

「何言うてんの、きみ。当たり前やないか。あんなもの、そうちょいちょい当たるもんやない」

「そりゃまた、なんで？」

「弾丸《たま》だけに、たまにしか当たらん」

＊

二人組の漫才コンビの口からは、まるで機関銃のようにポンポンと調子よく、次々に言葉が飛び出してくる。

藤木《ふじき》藤丸《ふじまる》。

それが二人のコンビ名だ。もともとは〝ラッキー・チャッキー〟といったそうだが、昭和十五年三月、内務省が映画・レコード会社の代表を警保局に呼びつけ「時局柄風紀上おもしろからぬもの、不敬にわたるもの、外国かぶれのものは改名させよ」と指示したのに基づき、最近コンビ名を変えたらしい。

耳慣れぬ関西弁に最初は戸惑っていた他の地方出身者たちも、テンポ良く繰り出される芸人の〝しゃべくり〟に、今ではすっかり魅入られた様子で、大声を上げて笑い、腹を抱え、中には笑い過ぎて涙を流す者さえある。

「あー、あー、兵隊のみなさん」

漫才コンビが引っ込んだ後、バイオリンを持って出て来た一人《ピン》芸人・十徳五郎《じっとくごろう》が、会場を見回してこんなことを言った。

「最初に言うておきますけどね。大きなお口を開けてお笑いになるのは誠に有り難いことですが、ついでにせっかく縫い合わせてもうたばかりの傷口まで開いてしまわんよう、気ぃつけてもらわなあきまへんで。あー、あー、どうかみなさん、笑って、こらえて」

続いて芸人がバイオリンをかき鳴らし、合間に繰り出す滑稽《こっけい》な漫談に、会場はまた笑いの渦に包まれる……。

白衣をまとい、部屋の隅からこの様子を眺めていた脇坂衛《わきさかまもる》陸軍軍医は、自身笑顔のまま、それとなく周囲を見回した。

粗末な野戦病院の一室に急遽設《きゅうきょしつら》えられた簡易演芸会場。

演芸台の周りにはベッドが並べられ、自分で立つことの出来ない傷病兵が舞台を楽しんでいる。次列は頭に包帯を巻き、あるいは松葉杖《づえ》をつき、あるいは白い三角巾《さんかくきん》で痛々しく腕を吊《つ》った者たちだ。

観客は、無論、傷病兵たちだけではない。会場には軍服を身にまとった多くの日本兵がぎっしりと詰めかけ、部屋に入りきれない者たちが通路や窓の外にまで溢《あふ》れている。

さっきから頭の上でギシギシと音がしているところをみると、どうやら屋根に上がって天窓から覗《のぞ》いている者までいるらしい。会場にどっと笑いがわき起こる度にぱらぱらと漆喰《しっくい》が落ちてきて、壁や天井が抜け落ちないか心配なくらいである。野戦病院を預かる〝隊付き軍医〟としては、そろそろ公演の中止を部隊長に勧告した方が良いのかもしれない。しかし――。

前線の現地部隊を慰問団が訪れることなど滅多にあることではない。しかも、今回の慰問団はあの「わらわし隊」なのだ。

わらわし隊。

東京の大手新聞社と大阪の興業会社が協力して、前線の兵士を慰問する目的で組織、派遣されてきた一団である。妙な名前の由来は、新聞各社が日本軍の航空部隊を指して頻繁に「海の荒鷲《あらわし》」「陸の荒鷲」といった表現を使っており、一般にも受け入れられているので、その「荒鷲隊」をもじったものだという。

荒鷲隊をわらわしたい――。

そういうことだ。

脇坂はもう一度会場を見渡し、かすかに首を振った。集まった兵隊たちはみな、舞台を食い入るように見つめ、まるで子供のように無邪気に笑い転げている。

中止など、とても言い出せる雰囲気ではなかった。

苦笑を浮かべた脇坂の目がふと、真新しい三角巾で片腕を吊り、舞台近くで笑っている一人の若い兵隊の横顔にとまった。

西村久志《にしむらひさし》陸軍二等兵。

昨日行われた戦闘のさなかに左腕を撃たれて野戦病院に運びこまれ、脇坂自身が治療に当たった入隊一年目の初年兵だ。貫通銃創。幸い銃弾は大きな血管を外れており、大事には至らなかったが、西村二等兵は初めて戦場で受けた傷のせいでひどく興奮していて、脇坂はしばらくの間、彼の話につき合わされた。

出身は山形。貧しい農家の四男坊で、軍隊には志願して入ったのだという。

「ともかく、恩給ちゅうものが欲しかったんです」

なぜ自分から軍隊に入ったのかという脇坂の問いに、西村は肩をすくめ、ぶっきらぼうに答えた。

「自分は尋常小学校をやっとこさ出ただけです。警察官や教員は難しい試験があるからダメ。試験がないのは兵隊だけです。軍は何年か勤めあげれば恩給がつくと聞いて、飛びついたんですが……ま、それも、今回みたいに運良く死なずに済めばの話でしょうがね」

自嘲《じちょう》的にそう言った時の、若者の暗い横顔が今も目の奥に焼きついている。

貧しい農家の三男坊四男坊が〝食うために〟軍隊に志願するのは、今の日本では珍しくもない話だ。

軍隊に入った者が戦死すれば親族に恩給が支給される。その権利を巡って、戦地から戻ってきた遺骨を親族が奪い合うという痛ましい事態が、最近では全国各地で起きているらしい。西村二等兵が戦地に送られる時も、見送る親族の中に「どうか戦死してきてくれ」と心の中で祈っていた者の顔がなかったとは言い切れない……。

その西村二等兵が、しかし、いまこの瞬間だけは舞台に夢中になり、腕の傷の痛みも忘れて、子供のように無邪気に笑い声をあげているのだ。

――この人たちが、笑って暮らせる社会をつくらなければならない。

脇坂は舞台で続けられる漫談へゆっくりと視線を戻しながら、そう思った。

改めて、心の中で強く念じる。

――そのためには、何としても日本をこの戦争に勝たせるわけにはいかないのだ。

2

五つ違いの兄が亡くなったのは、脇坂が地元の高等学校に入学したばかりの頃だった。

当時、家を離れ、京都帝国大学法学部に在籍していた兄・脇坂格《いたる》は、底冷えのする二月のある夜、下宿に踏み込んできた特高警察によって検挙された。

罪名は治安維持法違反。

この種の事件は報道が厳しく制限され、脇坂の家族もまた半月以上その事実を知らされなかった。半月後、下宿の主人から書簡が届き、初めて検挙の事実を知った両親は驚愕《きょうがく》した。しかも手紙によれば、脇坂格は留置場で肺結核を発病し、病が急速に進行しているという。

脇坂の父は、かつて周囲に推されて村長を務めていたこともある、いわば地方の名士だった。

知らせを聞いた父は、何よりもまず「家の名誉」を汚されたことに怒り狂った。勘当。縁切り。脇坂家とは一切関係ない。そんな怒声が家の中を飛び交った。が、最後には兄の病状を心配する母の、涙ながらの粘り強い説得が功を奏した。父は渋々、古い知り合いの警察関係者に手を回し、兄の身柄を貰《もら》い受けて、自宅で療養させることになった。

三ヵ月ぶりに家に帰ってきた兄の顔を見て、高校生だった脇坂は言葉を失った。頬の肉がげっそりと削《そ》げ落ち、頬骨が高く突き出て、高い熱に浮かされたような目ばかりがぎょろぎょろしている。いつも、そして誰に対しても、にこにこと笑顔を向けていたあの陽気な兄と同一人物とは、とても思えなかった。

その時点で兄は、すでに自分の足で歩くことすらかなわなかった。医師の診断は、極度の栄養失調。その上、着替えをさせるために服を脱がせると、体のあちらこちらに明らかな拷問の跡が見受けられた。父は、家に帰ってきた兄に一言も声をかけなかった。いや、見ることさえ避けていたようだ。家に帰ってきた兄に、脇坂はそもそも近づくことを許されず、母一人が兄の看病に当たった。何も言わず、何も聞かず、母はひたすら兄の面倒を見続け、半月後、兄が家で亡くなった時もただ涙するばかりであった。

兄の葬儀は盛大に行われた。

事件そのものが公表されなかったので、地元の人々は元村長の息子の不幸な結核病死を悼《いた》んだだけだった。

葬儀の後、喪服代わりの高校の制服に身を包んだ脇坂は、家の奥座敷に呼ばれた。改めて父母の前に正座させられ、兄の不名誉の次第と、いまや脇坂家の跡取りである彼が、これ以上「家名」を傷つけることのないよう、いっそうの反省と将来の発奮が訓諭された。父の言葉を、脇坂は黙って聞いた。何も言わなかったのは、母のやつれ果てた姿と悲しげな顔をこれ以上見るのが忍びなかったからだ。

その時脇坂は、心の中で全く別のことを考えていた。

格兄さんがかつて帰省する度に話してくれたこと。

この社会の現実——。

都市部でのモダニズムの隆盛と、農村漁村部の貧困の凄《すさ》まじい格差。財閥と軍部の癒着。保身に走る高級官僚ども。国を食い物にする政治家たち。わずかな恩給を得るために息子の戦死を願い、また娘を次々に女郎屋に売らざるをえない農村の実状。真実を報道すべき新聞記者は、しかしいまでは軍の機密費で飲み食いしていて、揚げ句「皇国」「皇軍」を連呼する提灯《ちょうちん》記事を書きとばし、軍のお先棒を担いで少しも恥じていない……。

「社会が、このままでいいはずがない。悲惨な現実を、しかしだからこそ俺たちは、自分自身の手で変革しなければいけないんだ」

そう語っていた格兄さんの、きらきらと輝く目を思い出す。

それがなぜ、こんなことになってしまったのか？

「いいか衛。格兄さんは道を踏み外した。あいつは気が狂っていたんだ。くれぐれも兄さんのような馬鹿なまねはするな。格兄さんのことは忘れるんだ」

ひどく遠くから聞こえてくる父の言葉に無言で頷《うなず》きながら、脇坂は胸の中でこう叫んでいた。

——違う！　兄さんは間違っていない。兄さんの思想は正しい。兄さんを殺した世の中の方が間違っているんだ！

屋根裏部屋で兄が密《ひそ》かに隠していた書籍やノートを見つけたのは、葬儀後、間もなくのことだった。

脇坂は両親に隠れ、兄が遺した書籍やノートを貪《むさぼ》るように読んだ。

そこに書かれていたのは、言うなれば〝物の形をした人類の歴史〟だった。

本来人間は、労働によって結びついている。個々に切り離された存在である人間は、労働を通じて〝類的存在〟として有機的に結びつくことができる。労働によって生み出された価値を自発的に交換することで、より豊かな社会を発展的に生み出すことができるのだ。だが、ここに、労働の豊かな意味を奪う悪の構造が存在する。資本主義だ。資本主義社会の下では必然的に労働者が抑圧され、人間は物質の奴隷になりさがる。人々は労働から疎外された結果、卑小な砂粒のような存在になり果てる。それこそが、今日この国にはびこる諸悪の根源、すべての矛盾の原因なのだ。

一体どうすればよいのか？

資本家たちの手から、労働を奪い返すこと。労働者《プロレタリアート》による生産手段の独占。軍部や財閥、官僚たちを駆逐し、さらに天皇制を打倒したその先に、理想社会はある。労働者自らの手による政府の樹立。即ち、共産主義社会の到来――。

唯物史観。

そこでは単なる台風を神風《かみかぜ》と呼び、大騒ぎしている者たちが、ひどく愚かしく見える。

唯物史観によれば、共産主義社会の実現は歴史的必然だという。

脇坂は、目から鱗《うろこ》が落ちるような気がした。

この暗い現実の先には、明るい未来が待っているはずなのだ――。

この考え方が、今日《こんにち》の日本で禁じられている危険な思想だということは、高校生だった脇坂にもわかった。

自分が通う高校にも密かに共産主義思想を研究するグループがあるのは知っていた。が、脇坂は、彼らとは一切接触を持とうとしなかった。理由はいくつかある。一つには、同級生たちのそのグループが排他的なエリート面《づら》をしながら、そのくせおよそ脇の甘い、子供じみた組織であるように見えたからであり（実際、彼らは間もなく警察に検挙され、呆気《あっけ》なく学校を去って行った）、それ以上に母親を悲しませたくなかったからだ。

兄が死んでから、母はめっきり老け込んだ。口数が極端に少なくなり、時折一人で涙ぐんでいる様子であった。

――もしいま自分が兄と同じ容疑で逮捕されることになれば、母は発狂するに違いない。

その思いが、脇坂に政治運動への参加を思い止まらせた。脇坂は誰にも気づかれぬよう一人で密かに共産主義思想の研究を続ける一方、学業も怠りなく、地元の高校を優秀な成績で卒業。その後は、東京の医科大学への進学を決めた。

兄とはまったく違う道を歩むことを決めた脇坂に、両親はほっと安堵《あんど》の息をついたようだ。

だが、実を言えば、この決断には裏があった。

格兄さんが遺したノートを研究していて、脇坂は妙な書き込みを見つけた。最初は意味がわからなかった。が、ある時それが、格兄さんが遺した暗号だと気がついた。子供のころ、脇坂は格兄さんと二人だけの暗号遊びに熱中したことがある――そのことを思い出したのだ。

暗号は、死んだ格兄さんから届いた手紙のように思えた。

記されていたのは、都内の某所の住所と合い言葉だった。

東京の医大に通い始めてしばらくした頃、脇坂は覚悟を決め、ノートに書かれていた住所を訪れ、合い言葉を残した。

〝K〟という人物から接触があったのは、それから間もなくのことだ。Kが、他の多くの学生たちのような、遊び半分の左翼運動家でないことは一目で知れた。正真正銘の革命家。理想社会実現のためには、自分の命を捨てることなど何とも思っていない鉄の意志の持ち主だ。

何度か慎重な審査が行われた後、脇坂はようやくKの同志として認められた。

脇坂衛はこうして、モスクワのスパイとなった。

3

一回目の慰問公演が終わったところで、脇坂は兵隊たちでごったがえす即席の演芸会場をそっと抜け出した。

銃弾が飛び交う最前線では、すべての兵隊が同時に持ち場を放棄して、慰問演芸に笑い惚《ほう》けているわけにはいかない。今回はとりあえず、三回に分けての公演が予定されていた。

会場の観客が交替し、早速、二回目の公演が始まったようだ。

建物の裏にまわると、兵隊たちの爆発するような笑い声も、さすがに小さくなった。粗く漆喰を塗った壁にもたれて、煙草を一服吸いつける。目を上げると、太陽が西に傾き、見はるかすかぎりの地平線を赤々と染めあげていた。

じきに暗くなる――。

陽が落ちた後も、まだ舞台を続けるつもりだろうか？

丘一つ隔てて中国軍と向き合う最前線なのだ。暗くなった後は、建物の灯火はおろか、こうして外で吸う煙草の火さえ恰好《かっこう》の狙撃対象となりかねない。といって、いま打ち切りを宣言すれば、兵隊たちからは必ずや不満の声があがるだろう。

――小野寺《おのでら》部隊長も頭の痛いところだな。

脇坂は煙草をくわえた唇を皮肉な形にゆがめ、ふと、いやなことを思い出して顔をしかめた。

慰問に来た芸人たちのテンポの良いしゃべくりを聞いて、兵隊たちは無邪気に大笑いをしている。だが――。

〝あれはみんな支那の兵隊の死体やで〟

〝弾丸だけに、たまにしか当たらん〟

……。

さっき聞いた芸人たちのネタはどれも、明らかに前線の日本兵の士気を損ねないよう、慎重に作られたものばかりだ。事前に検閲があったことは間違いない。いや、そんなことはいい。それより——。

脇坂は唇の端に煙草をくわえたまま、次第に赤みを増していく夕焼けに目を細めた。

志願して陸軍軍医になって二年になる。

——前線の部隊付き軍医を志願されたし。

Kを通じてモスクワからの指令を受け取った時、脇坂は敢《あ》えて「なぜか」とは尋ねなかった。

理由は、容易に想像がついた。

昭和十二年七月、蘆溝橋《ろこうきょう》付近で日本軍と中国軍の間で小競り合いが起きた。事件自体は何ということはない、数発の弾丸が互いの間を飛び交っただけで怪我人さえ出ていない。事件は、そのまま有耶無耶《うやむや》になるかと思われた。

だが、日本陸軍はこの些細な一件を口実にして中国との本格的な戦闘を開始。戦火はただちに上海《シャンハイ》に飛び火し、日本軍はその後、破竹の勢いで南京《ナンキン》にまで兵を進めていく——。

状況が伝えられると、モスクワに衝撃が走った。日本が中国を相手に本格的な戦争を始めた、その事実にではない。

モスクワでは、かねてより日本の政府や軍の中枢にシンパ及び同志によるスパイ網を張り巡らしており、彼らの動向は逐一、正確に把握していた。東京から送られてきた複数の信頼すべき情報によれば、この件に対する陸軍参謀本部、内閣、さらには天皇側近の判断は、いずれも〝不拡大〟。前線部隊に対して即時の停戦協定を結ぶよう指令が出されたはずである。

それなのに日本陸軍は、〝不拡大〟どころか、火の手を広げられるだけ広げてしまったのだ。

しかも――後で分かったことだが――東京からの情報はいずれも誤ってはいなかった。

要するに〝現場の部隊が中央からの指示を無視し、独自の判断で勝手に状況を進めた〟、そういうことらしい。

さらに馬鹿げた事態が続く。

前線部隊の独走が作り出した状況に政治家や新聞が便乗。国民の絶大な支持を取りつけると、事態拡大に反対していたはずの参謀本部や官僚、さらには最高主権者である天皇までが、前言を翻し、状況を追認することになったのだ。

中央の決定を絶対とし、反対する者は直ちに粛清の対象となる共産主義国家では、およそ考えられない事態であった。

この一件を境に、モスクワは日本国内に潜む同志への指示方針を転換する。参謀本部及び政治家、官僚たちの意図を探るべく、東京に集中させていたスパイ情報網を縮小。むしろ、大陸各地に展開する日本軍の前線部隊の動向をいち早く——できれば東京の日本の参謀本部より早く——モスクワに伝えることを〝同志〟に求めるようになったのだ。

脇坂は北支前線の隊付き軍医を志願した。

苦楽生死を共にして二年。

今では兵たちから慕われ、部隊長とも頻繁に酒を酌み交わす仲となった。

そこで知り得た情報は、同志の手を経てモスクワに送られている。前線部隊と行動を共にするスパイにとって最大の問題は情報の伝達手段だが、脇坂は独自のやり方によってこの問題を解決していた。

脇坂が考案した特殊な通信手段はモスクワでも高く評価され、〝ワキサカ式〟と呼ばれているらしい。だが、それにしたところで、多くの〝顔も知らない同志〟の手を借りなければ成功しない話なのだ……。

その点を考えるときだけ、脇坂は幸福な思いに包まれる。

皇軍。

即ち〝天皇の軍隊〟と呼ばれるこの帝国日本陸軍内に、一体どれだけの数の同志が、あるいはシンパが存在するのかを知ったら、日本陸軍上層部の連中は必ずや驚愕するに違いない。

――そう、これまではすべて巧《うま》くいっていたのだ。あのスパイ狩りが始まるまでは……。

手紙が届いたのは一ヵ月ほど前のことだった。

差出人は脇坂勝《まさる》。都内の大学に通う従兄弟《いとこ》の名前である。筆跡を真似ているのでちょっと見ただけでは区別がつかないが、余白に小さく記された落書きのような印が、従兄弟からの手紙ではなく、Kからの指示書であることを示していた。

時候の挨拶《あいさつ》。共通の友人の近況。一見閑文字を連ねたようにしか見えない手紙は、しかし、特殊な溶液を吹きつけることで行間に細かい数字が浮かび上がる。その数字を、手持ちの辞書に隠された暗号表を使って、ロシア語で書かれた通信文に変換する。

解読作業は、深夜、誰にも気づかれぬよう密かに行われた。

脇坂は一読してその内容が信じられなかった。

Kからの連絡によれば、最近、前線に派遣された何人かの同志が次々に消えている――突然連絡が途絶え、その後、跡形もなく消え失せているというのだ。

――密かに〃スパイ狩り〃が行われている。注意されたし。

そう警告した後に、Kはさらに次のような極秘情報を伝えてきていた。

帝国日本陸軍内に秘密諜報員《ちょうほういん》養成機関が設立された。通称〃D機関〃。その存在は、陸軍上層部の中でもごく一部の者にしか知られていない。が、莫大《ばくだい》な機密費が彼らに流れているのは間違いない。機関の所在地、及びそこでどのような者たちが諜報員として養成されているのか等の詳細は不明。但し、D機関はある一人の陸軍中佐によって設立され、その後も彼の指揮の下ですべての作戦が実行されているらしい。その人物とは――。

Вельзевул

見慣れぬ文字の並びに脇坂は眉《まゆ》をひそめた。変換を間違ったのかと思い、その箇所だけもう一度〃翻訳〃してみたが、やはり合っている。

ベルゼブル。

蝿の王。

旧約聖書『列王紀』に登場する異教の神。悪魔どもを率いて、人間を地獄へと引きずり込む魔王のことだ。

あのKが、必要以上に大仰な言葉を使うとは思えない。

情報は〃魔王《ベルゼブル》〃と呼ばれ、恐れられている人物が、D機関を率いて敵のスパイ狩りを指揮している〟――そう考えるべきだった。

脇坂は背筋にはい上がってくる恐怖を感じながら、続きを読んだ。

どのような形でスパイ狩りが行われているのか？　具体的な点は、Kにもまだ把握できてはいなかった。ただ、不確定ながら、前線部隊を慰問して回る「わらわし隊」と何らかの関連性をもっている可能性が高いこと。もう一点、スパイ・ハンターには「笑わぬ男」の暗号名が使われているらしきことを伝えてきていた。

脇坂は規則どおりに通信文を破棄した後、思い出して手帖《てちょう》を開いた。

手帖には、小野寺部隊長宛《あて》の通信書類を密かに盗み読むことで得られた極秘情報が記されている。

一カ月後、「わらわし隊」が本隊を慰問する予定になっていた。

4

あれから眠れぬ夜を幾度過ごしたかわからない。

〝魔王〟に率いられた帝国日本陸軍の秘密諜報機関。連中が、前線部隊の動向情報を重視するモスクワの意図を察知したとしても不思議ではない。さらに言えば、彼らが前線を慰問して回る「わらわし隊」に密かにスパイ・ハンターを紛れ込ませた可能性も——一見、二つのものが懸け離れているからこそ——充分に考えられた。

一瞬も気を抜くことのできない張り詰めた二重生活。前線の兵士のみならず、身分を隠して〝敵〟の中に潜入するスパイにとっても、慰問団は恰好の息抜きになる。他の前線部隊に潜入していた同志たちが、芸人のユーモラスなしゃべくりに笑わされ、うっかり油断したところを襲われたのだとすれば、文字どおりひとたまりもなかっただろう。

だが幸い、脇坂は事前にKからの警告を受け取ることができた。

「わらわし隊」の公演を万全の態勢で待ち受けさえすれば、少なくとも背後から不意をつかれることはない。逆に、慰問団に潜む日本のスパイ・ハンターをあぶり出し、その正体をモスクワに伝えることも、不可能ではないはずだ。

——一体どいつだ？

脇坂はいまや刻々と色を変えていく大陸の空に目を細めつつ、頭の中で〝容疑者〟を数え上げた。

この一ヵ月、脇坂は漫然と手をこまねいて「わらわし隊」の到着を待っていたわけではない。前線から可能な限り手を尽くして、彼らについて調べ上げた。

調査の結果、今回の慰問団に参加する芸人たちは、いずれも古くから芸をやっている、いわば素性の知れた者たちばかりであった。芸人の世界は外の人間が思うよりはるかに狭い。芸人たちの中にスパイ・ハンターが紛れ込んでいることは——可能性は全く無いとは言えないまでも——考えづらかった。疑わしいのはむしろ、

○慰問団のマネージャー（黒縁メガネを掛けた神経質そうな小柄な男）
○通訳（目の細い丸顔の男。日本名を名乗っているが中国人のようにも見える）
○荷物持ち（チビとデブの二人組。藤木藤丸の弟子という触れ込み。ごく年若い）
○移動公演中、保安要員として慰問団に付き添っている憲兵伍長《ごちょう》（がっしりとした体格。口数が少なく、いつも憲兵帽を目深《まぶか》に被《かぶ》っていて表情が読みづらい）

といった辺りだ。

慰問団が部隊に到着して以来、脇坂は彼らの様子をそれとなく観察していたが、今のところいずれの人物にも怪しい素振りは確認できなかった。

Kから伝えられたもう一つの情報——「笑わぬ男」の暗号名——を考えれば、やはり慰問団の保安要員である陸軍憲兵が最も怪しいことになる。が、それも、相手が相手だけに、予断は禁物だった。

決め手はない。

ならば、こっちから先手を打つまでだ。

小野寺部隊長は今、兵隊たちと一緒に舞台を観て笑っている。

脇坂は左手を顔の前に上げ、腕時計で時間を確認した。

――もうすぐだな。

小野寺部隊長は毎日、自ら無電機を操作して、東京の参謀本部宛に定時報告を行っている。そろそろ、その時間だった。

部屋に戻り、机の上の無電機に向き合った小野寺部隊長は、そこに見慣れぬメモが挟んであるのに気づくはずだ。

〝猪熊《いのくま》軍曹はモスクワのスパイだ〟。

筆跡がわからぬよう定規を使ってそう書かれたメモは、実を言えば、脇坂が仕組んだ偽情報だ。が、部隊長としてはそのまま無視できるはずもない。

直ちに猪熊軍曹が呼ばれ、査問会が開かれることになる。

猪熊軍曹は、一兵卒から叩《たた》き上げの古参軍曹で、およそ軍への忠誠心だけで生きているような人物だ。自分が疑われたと知れば大騒ぎになるのは避けられまい。

それがスパイ・ハンターを釣り上げる餌だ。

目の前で予期せぬスパイ騒ぎが起きれば、スパイ・ハンターは必ずや仮面を外し、何らかの特徴的な反応を示すはずだ。容疑者は絞られている。仮面が外れた瞬間を見逃すことはあり得ない。

——スパイ・ハンターを、逆に罠《わな》に掛けてやる。

脇坂は、一瞬、唇の端に満足げな笑みを浮かべ、煙草の火を地面で踏み消した。

演芸会場に戻って容疑者の反応を確認すべく、踵《きびす》を返す。

その鼻先に、突然、黒い人影が飛び出してきた。

5

ぎょっとして、思わずその場に立ち竦《すく》んだ。

燃えるような夕焼けを背にした黒い人影が、足を止め、脇坂の顔を覗き込んだ。と、影が唐突に口を開いた。

「ああ、よかった。間におうた。あんた、センセ、ようまだここにおってくれはったな。ありがたい。教えてもうたとおりや。やあ、それにしても危ないとこやった……」

目の前で早口にまくし立てられる、いささかかん高い特徴的な関西弁に、脇坂は聞き覚えがあった。

先ほど舞台に立って軽妙な漫才を披露していた芸人コンビ〝藤木藤丸〟の一人——確か、藤丸の方だ。

脇坂は警戒しながら、慎重に尋ねた。

「……私に、何か用ですか？」

「あらら、そない身構えんでもよろしいがな」

相手は呆《あき》れたように軽く肩をすくめ、

「用いうたら用、違ういうたら違うんですが……すんまへん。センセの煙草、一本もらえまへんやろか？」

「煙草？」

「えろうすんまへん」

そう言って、ぺこりと頭を下げた。

脇坂が無言で差し出した煙草の箱から一本抜き出し、待ち兼ねたように自分で火をつけた。

「はー、やっぱ煙草はゴールデンバットにかぎりますな。ほかとはまるで味が違いますわ」

一服してようやく落ちついたらしく、ほっと息をついて言った。

「お恥ずかしいこってすが、わてはえらいヤニ中でしてな。それも、どーしてもバットやないとあきまへんねん。今回は移動公演いうんで、ぎょうさん持ってきとったはずやのに、いまさっき舞台のソデで吸おう思うたら、一本もありまへんのや。荷物持ちしてる弟子を叱り飛ばして探させたんですが、どこにもおまへん。困ったなー、どないしよ、思てたら、ある人が、センセがバット吸うてはる、センセにもろたらエエん違うかいうて、親切にこの場所を教えてくれはったんです。いやー、ほんま助かりましたわ。

はー、バット、バット……と。そう言や、なんや最近お上《かみ》の方では、ゴールデンバットちゅうのも外国かぶれの名前やさかい、別の名前に変えエ言い出しとるそうですな。芸人もそやけど、なんでもかんでも日本語の名前にしたらエエいうものやないと思いますがね。……おっと、センセ、これはここだけの話にしといてもらわな困りまっせ。まー、正直な話、わてら〝藤木藤丸〟いうてコンビ名変えてから、どうも漫才の味が変わってしもたような気がしてならんのですわ。煙草は名前変えても味変わらんのやろか？　漫才はともかく、煙草の味変わるようやったら困るなー。なんちゅう名前になるんやろ？　ゴールデンバット？　金棒《きんぼう》やろか？　金棒はかなわんな。鬼みたいや。鬼に金棒いうてね。けっけっけっ……」

　立て板に水。まるで壊れた蛇口のようにとめどなく流れ出してくる相手の言葉に、脇坂はかすかに苦笑を漏らした。

　狭い世界で素性の知られた芸人。加えて、煙草が切れると手が震えるような男に、スパイ・ハンターが務まるはずがない。

――こいつではない。

脇坂は容疑者リストから相手の名前を完全に削除し、となれば、ちょうど良い機会だった。

腕時計に目をやると、まだ少しながら時間がある。

脇坂は何げない様子を装って相手に尋ねた。

「舞台はどうです？　そろそろ暗くなってきたんで、さすがに次の回はやりにくいんじゃないですかね」

「なーに。こんなもん、まだまだ明るい方でっせ」

藤丸はそう言ってからからと笑い、煙草の煙を大きく吐き出した。

「前に上海に公演しに行った時は、現地に着いたのが夜の十時で、そのまま会場に引っ張って行かれましてな。いやー、あン時は驚いたのなんのって。真っ暗な会場の中に、兵隊さんがぎょうさん詰めかけて、わてらの到着をいまかいまかと待ってくれてはったんですわ。ほかの時やおまへん、ちょうど上海でドンパチやってた頃でっせ。そこまでしてもうたら、わてらとしてもしょうがない、『一席つとめさせてもらいますんで、明かりつけてもらえまへんか』言うて頼んだら、たちまち血相変えて怒られましたわ。『そんなことしたら、敵に狙い撃ちされる。このままやれ』言うんですな。やれ、言われても闇鍋《なべ》やおまへんしな。あれにはほとほと参りましたで」

「それで、その時は結局どうしたんです？」

「もちろん、やりましたがな。懐中電灯でお互いの顔を照らしながらですわ。……あ、えろうすんまへん」

藤丸は、差し出された二本目の煙草を手刀《てがたな》を切って受け取り、火をつけて言った。

「妙なもんでっせ、お互い懐中電灯で照らしながら漫才するいうのは。下から照らすでしょ。相方の顔は化け物みたいやし、だんだん腕がしんどなってきますしな。それでもなんとかわてらが先に一席やり終えて、さあ、次は真打ちの金語楼《きんごろう》はんの出番ですわ。一人でやる落語家は、まさか自分で自分を照らしてやるわけにもいかんさかい、ソデから懐中電灯で照らしてやっとったんですが、枕も終わらんうちに、ヒュー、ドドンッ、いうて敵さんの爆弾が飛んできましてな。公演はそこで中止ですわ。考えたらあれ、金語楼はんの禿《は》げ頭《あたま》に懐中電灯の光が反射しとるのを、敵さんに見つけられたんですな」

そう言って、けらけらと笑っている。

脇坂もつられて笑いながら、頃合いを見て言葉をぶつけてみた。

「〝笑わぬ男〟。聞いたことはないかな？」

「なんです、それ？」

藤丸はきょとんとした顔で目を瞬《しばたた》かせている。

残念ながら期待したような反応では無かった。が、脇坂はもう少しかまを掛けてみることにした。

「ほら、あの人だけはなぜか、みんなが笑っている中で一人だけ笑わないだろう？傍で見ていると、何だか薄気味悪いような気がしてくるんだがね」

「あの人……？」

と訝《いぶか》しげに眉を寄せた藤丸は、しかしすぐに思い当たった様子でふき出して言った。

「センセ、もしかして赤沢《あかざわ》はんのことを言うてはるんですか？　今回のわてらの公演に保安要員としてついて来てる、あの憲兵伍長はん？　それやったら、えらい誤解ですわ。あの人はあんな怖い顔してはりますが、ほんまはえらいゲラですねん。いつも憲兵帽をこうやって目深《まぶか》に被ってまっしゃろ？　あれは、うっかり笑うてしもたときに顔を隠すのにああしてはるんです。『畏《おそ》れ多《おお》くも陛下の命を受けた大日本帝国陸軍憲兵伍長ともあろう者が、しょうもない漫才聞いて笑い転げとったら、ほかの者に示《しめ》しがつかん』、当人は常々そんなことを言うてはりますが、なアに、いつも笑いを堪《こら》えるのに腹ひくひくさせてまっせ。笑いたいときに笑われへんとは、考えてみたら、憲兵いうのも因果な商売でんなあ」

——では、違うのか？

脇坂は一瞬眉をよせ、すぐに軽く笑みを浮かべて、疑惑の矛先を転じた。

「いや、私が言ったのは彼のことじゃないんだ」

「ほな、誰のことですねん？」

「今回の『わらわし隊』公演のマネージャー……あの人、名前は何と言ったかな？」

「乙倉《おとくら》はんのことでっか」

藤丸は途端に、うっかり渋柿をかじってしまった子供のような顔になった。

「そう言や、まあ……あの人はあんまり笑いまへんなあ」

――あいつなのか？

「乙倉マネージャーは、いつから今の仕事をしているんだろう？」

疑惑の裏を取るべく、慎重に質問を重ねた。

「ここだけの話……」

と藤丸が顔を寄せてきた。

「乙倉はんは、実は最近まで自分で芸人やってましてん。それがあんまりにも面白うないもんで、うちの社長から『お前、ええかげんに芸人辞めて、マネージャーせえ』言われたんですわ。ああ見えて、芸歴はわてらよりよっぽど長いんでっせ。芸人辞めさせられた者がほかの者の芸見て笑われへんのは……まあ、無理おまへんやろなア」

脇坂は内心舌打ちをした。乙倉がかつて長く芸人をしていたのだとすれば、その頃から彼の素性は芸人仲間に広く知れ渡っているはずだ。乙倉もまた、スパイ・ハンターである可能性は低い。

残るは通訳の男か、あるいは荷物持ちの二人の弟子の若者のどちらか、ということになるが……。

あれこれ考えを巡らせていた脇坂は、ふと、目の前の藤丸が何か考え込むような表情になっているのに気がついた。

「ああ、こら、えろうスンマヘン。わてとしたことがボーとしてましたわ」

声をかけると、藤丸はすぐにおどけた様に頭に手をやって言った。

「センセに言われて、いやなことを思い出しましてな。それでちょっと……」

「いやなこと？」

「ほら、センセ、今〝笑わぬ男〟なんて言いましたやろ。怖い言葉やなー。みんながあんな風に笑わんようになったら、わてらたちまち御飯《おまんま》の食い上げですわ」

「つまり、乙倉マネージャーのように？」

「ちゃいます、ちゃいます。元芸人なんぞ、はじめから相手にしてまへんがな。わてが言うのは、そやのうて……」

藤丸が続いて口にした名前を聞いた瞬間、脇坂は不意に後ろから頭を殴りつけられたような気がした。

6

──まさか、そんなことが……。

脇坂はほとんど呆然《ぼうぜん》となった。

最初は信じられなかった。相手がまた下らぬ与太を飛ばしているのだと思った。だが、藤丸は珍しく真面目な顔になって言い募り、その妙な関西弁の話を聞くうちに、これまで何とも思っていなかったいくつかの些細な事実が頭の中で結びついて、ある形になった。

気がつくと、ふらふらと歩き出していた。

「おや、センセ、どないしたんです？　センセ……？　けったいなお人やな……。なんやようわからんけど、煙草、おおきに！　また頼みますわ！」

背中に藤丸の声が聞こえていたが、もはやそんなことに構っている場合ではなかった。

ちらりと腕時計に目を走らせる。

──時間がない。

小走りになった。

角を曲がり、目指す建物の入り口に着いた。

前線作戦本部。

小野寺部隊長がもうすぐ、この建物の一室から東京の参謀本部へ定時報告の無電を入れることになっている。

息を整え、入り口の警備に当たる兵隊の前で軽く敬礼してみせた。

ここではほとんどの兵が、脇坂軍医と小野寺部隊長がしばしば二人で酒を酌み交わす仲であることを知っている。警備に当たっていた二等兵も、脇坂とは顔なじみだった。敬礼を返し、軽く会釈して、脇坂を通してくれた。

廊下を進み、部隊長の部屋の前で左右を窺《うかが》う。

幸い、人影は見えなかった。

脇坂は密かに作った合鍵《かぎ》でドアを開け、素早く部屋の中に滑り込んだ。

後ろ手にドアを閉める。

中は無人だった。夕闇が迫る中、窓から差し込む夕日が部屋中を茜《あかね》色に染めている。

足音を忍ばせて、部隊長の机に近づいた。机の端に備えつけられた無電機の周囲にざっと目を走らせる。

――ない。

脇坂が置いておいた偽のメモ――猪熊軍曹がモスクワのスパイだという告発文を記

したメモが、跡形もなく消え失せていた。

あのメモがなければ猪熊軍曹に対する査問会が開かれることもなく、脇坂が周囲の者たちの反応を観察して、スパイ・ハンターをあぶり出すこともできなくなる……。

——いや、違う。そうじゃない。

頭の片隅で、思考が激しく回転していた。

さっき藤丸は、真の〝笑わぬ男〟の存在を指摘し、続けてこう言ったのだ。

「センセが裏でバット吸うてはるから、一本もろてきたらエエ。自分はこれからちょっと作戦本部に用があるから一緒には行けない。……煙草がのうて困っとったら、その人がわざわざわてに近づいて来て、自己紹介した上で、そんなことを言いよったんですわ。けったいなお人でっしゃろ?」

だが、彼が作戦本部に用などあるはずがない。

舞台で漫才をしながら、藤丸は〝決して笑うことのない目〟が自分たちに向けられていることに気づいていた。笑いのプロである藤丸を恐れさせた笑わぬ目の持ち主。脇坂には思いもよらなかったその人物こそが、真の〝笑わぬ男〟——本物のスパイ・ハンターだったのだ。

藤丸の言葉を聞いて、脇坂はとっさにすべての真相を見抜いた気になり、彼の意図を事前に阻止すべく、慌ててこの場所に駆けつけた。しかし……。

本当は、それすらも彼の計画の一部だったのではないか？　藤丸の言葉それ自体が、脇坂をこの場所に呼び寄せるための罠だったとしたら……？

立ち尽くす脇坂の右耳が、さっきから一秒毎の規則正しい音を捉《とら》えていた。来《きた》るべき理想社会への時を刻む、大きな壁掛け時計。

ゆっくりと顔を振り向け、壁に掛かった時計の針を確認する。視線を落とし、自分の腕時計と見比べた。

――やられた……。

脇坂は思わず唇を噛《か》んだ。

二つの時計が、別の時間を指し示していた。

五分。

壁の時計が過去の遅れた時間を刻んでいる……。

いや、そうではない。昨日この部屋を訪れた時点で二つの時計は、確かに同じ時間を示していた。部隊長室の壁時計は一日に二度、担当兵が時刻合わせをしている。つまり脇坂の腕時計がいつの間にか五分進められたと考えるのが妥当だ。だが、誰が、いつ、いったい何のために……？

もう少しで真相に手が届く。そう思った瞬間、すぐ背後に人の気配を感じた。

ハッとして振り返る。

いつの間にか背中に張りつくように立っていた相手の顔に焦点が合う直前、脇坂は鳩尾《みぞおち》に激しい衝撃を感じて、そのまま目の前が真っ暗になった。

7

朦朧《もうろう》とした意識のどこかで、自分の体が床に転がされ、手際よく手足を縛り上げられるのを感じた。何者かの手がポケットの中を探っている……。

ふいに、意識がはっきりした。

気を失っていたのは、ごく短い時間だったようだ。

脇坂が意識を取り戻したのを見透かしたかのように、背後の見えない場所から、嘲《あざけ》るような低い声が聞こえた。

「残念だが、あんたはこの後の公演を観ることは出来ない」

振り返ろうとして、脇坂は思わず呻《うめ》き声をあげた。

右足が折り畳まれ、手首にきつく結びつけられていた。そのせいで、体を少しでも動かすと、たちまち関節が不自然な角度にねじ上げられて、体中に恐ろしいほどの痛みが走る……。

振り返って、声の主を確認するどころの話ではなかった。

「今夜のうちにあんたは逮捕され、内地に送還される」

背後から聞こえる声には、個性というものがまるで感じられなかった。予《あらかじ》め知っていなければ、それが彼の声だとはほとんど信じられないくらいだ。

「部隊長の机の上に、あんたがモスクワのスパイだという自筆の告白文を置いておく。あんたは良心の呵責《かしやく》に耐え切れずに、自首するんだ。念のため、あんたの手帖と、この部屋の合鍵も添えておく。いくら愚鈍なあの部隊長でも間違えることはないはずだ」

自筆の告白文――。

そんなものを書いた覚えはない。だが、その告白文が脇坂の筆跡を完璧《かんぺき》に真似て書かれており、またそこには脇坂本人しか知り得ない内容が記されていることは、容易に想像がついた。

自分が書いたものではない、と否定することは難しい。その上、前線部隊の極秘情報が記された脇坂の手帖と合鍵まで添えられたのでは、いくら親しい間柄の小野寺部隊長が相手とはいえ、言い逃れは不可能だろう……。

脇坂は、自分が完全に敵の手の内に落ちたことを悟った。と同時に、意外なほど自分が落ち着いていることに気づいて、内心安堵の息をついた。

そう、この日がいつか来ることは、はじめから覚悟していたのだ。格兄さんの遺志を継ぐべく自らKに接触した、あの日からずっと……。

理想社会をこの地上に実現させるためには、ある程度の犠牲はやむをえない。格兄さんがそうであったように、誰かが〝地の塩〟とならなければならない。理想社会を実現する歴史の過程では、自ら〝一粒の麦〟となる者が必要なのだ。それに──。

脇坂が逮捕されても、彼が考案したモスクワへの極秘通信手段は残される。

内地に送還された後は、あの悪名高い日本の特高警察による厳しい取り調べと、拷問が待っているはずだ。だが、どんな厳しい取り調べを受け、また拷問を受けようとも、脇坂は自ら考案した通信手段についてだけは絶対に喋《しゃべ》るつもりはなかった。

──あれは自分が生《い》きた証《あかし》なのだ。

今この瞬間にも〝ワキサカ式〟の通信手段を使って、日本軍の前線部隊の動向情報がモスクワへと流されている。モスクワでは、前線各地から集まってきた情報をもとに、資本主義と結託した帝国日本陸軍を打ち破り、やがて人類共通の夢である理想社会の実現──世界同時共産主義革命を現実のものとするための作戦が、いまも着々と練られているはずだ。

──来《きた》るべき人類の未来。歴史的必然に、自分は自らの意志で参加したのだ。

その確信さえ揺らがなければ、この先、どんな苦痛や恥辱が待っていようとも堪えられる自信があった。

微笑みを浮かべた脇坂の頭上に、その時、一枚の薄い紙片がひらひらと舞い落ちて来た。

……………?

すぐ目と鼻の先の床に落ちた紙片に、脇坂は目を細めるようにして焦点を合わせた。

その正体に気づいた瞬間、脇坂は思わずあっと声をあげた。

脇坂が考案した特殊な様式の通信紙。

——なぜこれが、こんなところに……。

ポケットを探られたことを思い出したが、持ち歩くような迂闊《うかつ》な真似はしていない。

「あんたの発案なんだって?」

見えない場所からまた、何者のものとも知れぬ特徴のない低い声が、あざ笑うように言った。

「モスクワへの通信文を、よりにもよって道端に転がる支那兵の死体の身につけさせるとはね。なるほど、日本兵の死体なら必ず同胞の手で埋葬されるなり、回収されるなりして消えて無くなるが、道端に転がっている支那兵の死体には誰も手をつけない。いつまでもそのままだ。普通の奴は、まさかその死体に通信文が仕込まれているとは思いつかない。あんたたちの仲間《シンパ》は、わざわざ危険を冒すことなく、折を見て、いつでも好きなときに死体から通信文を取り出し、モスクワに送れるというわけだ……」

男の声を聞きながら、脇坂は懸命に頭を巡らせた。

——偶然、見つけただけなのか？

あのことには気づかれていない。

とすれば、まだ望みがある。

いまや、この広大な中国大陸に展開した日本軍は、およそ至るところで戦火を交えている。その結果、大陸各地には数え切れないほどの支那兵の死体が転がっていて、例えば、そう、最初は死体を見て怖がっていた慰問団の芸人が、じきに死体に見飽きてしまったほどだ。路傍に転がる無数の支那兵の死体の中から、通信文を仕込んだ特定の死体を見つけ出すのは、浜辺に落ちた一本の針を探し出すに等しい作業だ。

通信文を支那兵の死体に隠した。

それだけではまだ、脇坂が考案した特殊な通信手段の秘密が暴かれたことにはならない……。

背後の男が、芸人の声色を真似て言った。

「〝どないしょ、どないしょ。あっちにもこっちにも死体が転がっとるがな。しかもみんな顔やら手やら、野犬に食い荒らされとるわ〟。〝中に、たまーに、頭も顔も手も奇麗に残っとる死体があったやろ〟、か……」

くっくっと短く笑った背後の声は、またすぐに元の嘲るような調子に戻り、

「夫婦喧嘩は犬も食わん」

その一声で、脇坂が縋《すが》りついていた最後の希望は跡形もなく粉砕された。

――そこまで見抜かれていたのか……。

脇坂は血がにじむほど唇をきつくかみしめた。

藤木藤丸コンビが漫才の中でわざわざ二度繰り返したそのネタ。

顔も手も奇麗に残っている死体。

それが、浜辺に落ちた一本の針を見つけだすための目印だった。脇坂は路傍に転がる支那兵の死体の中から、顔と手に傷の無い死体を選び出し、その死体に野犬の嫌がる匂いと防腐剤を塗布することで同志への目印にしていたのだ。

――この死体のポケットを探れ。

野犬に食い荒らされていない支那兵の死体。それ自体が、通信文の在りかを示す、同志への合図だった。

額から血の気が失せていくのが自分でも分かった。貧血にも似たその感覚の中、脇坂はぼんやりとした頭で、いまさらながら敵のやり口を理解した。

「わらわし隊」の慰問は、ちょうど手品師が観客の前でひらひらさせる白いハンカチと同じく、めくらましとして使われたのだ。

考えてみれば、初めから妙な話だった。

芸人が演じるネタに、厳しい事前検閲がかけられているのは明らかだった。だが、その一方で、軍事機密上、かなりきわどい台詞《せりふ》が一部、はじかれずに残っていたのだ。本来であれば、前線慰問団のコントに「あっちにもこっちにも死体が転がっとるがな」などという台詞が——たとえそれが敵兵の死体を指すものだとしても——紛れ込むはずはない。

それらの台詞はおそらく、彼が事前に密かに裏から手を回して芸人たちのネタに紛れ込ませたものだ。その上で彼は、言葉を聞いた時の観客の反応を観察していたに違いない……。

想像だが、〝蠅の王〟に率いられたD機関は、偶然、もしくは何らかのきっかけで、野犬に食い荒らされていない支那兵の死体に疑問を抱いた。死体を調べると、モスクワへの通信文が発見された。そこで、芸人のネタの中にその件を暗示する幾つかの台詞を入れて、観客の反応を確認していたのだ。

振り返って、脇坂は芸人たちの言葉を聞いた時、自分がどう反応したのか自信がなかった。とりたてて表情を変えたつもりはない。それでも、こうして逮捕された以上、見る者が見れば何かしら不自然な反応を示したということなのだろう……。

そうとしか考えられなかった。

脇坂が自らの存在を賭けて考案した通信手段の秘密はすでに暴露された。

今後自分に出来ることは、取り調べに対して一切の沈黙を守ることだけだ……。

脇坂は改めて自分に言い聞かせた。

内地での取り調べは、日本陸軍内に潜入している同志、およびシンパの名前を明らかにさせることを中心に行われるはずだ。天皇の名のもとに洗脳され、共産主義への盲目的な憎悪を植えつけられた日本の特高警察は、〝アカ〟のラベルを貼られた脇坂に対して、無条件に、かつ容赦なく振る舞うだろう。人を人とも思わない厳しい取り調べ。格兄さんを結果的に死に追いやった壮絶な拷問。精神的、肉体的苦痛の極限で取り引きの条件を提示された場合、よほどの人物でもなお、つい仲間の名前を漏らしてしまうという。

だが、脇坂に関していえば、その点はそもそも心配するまでもなかった。

モスクワから脇坂への指示は、すべてKを通じて行われている。だが、脇坂はKについて、Kというその暗号名の他は何一つ、彼の本名すら知らないのだ。もし一定期間連絡がなければ、Kは脇坂との接触を断つことになっている。それ以上の糸は、どうやっても辿《たど》れないはずだ――。

「………」

自分の考えに没頭していたので、危うく相手の低い声を聞き逃すところであった。

「何？　いま、何と言った？」

「片岡《かたおか》大尉に伝えることはないか、そう聞いたんだ」

「片岡大尉……？」

脇坂は口の中でその名を呟《つぶや》き、微かに首を振った。

「人違いだ。私はそんな名前は聞いたこともない」

「ああ、そうか。あんたは知らなかったんだな」

背後の声は、相変わらず嘲るような調子で言った。

「陸軍省主計課勤務、片岡誠《まこと》陸軍大尉。三十八歳。あんたがKと呼んでいる男だ。なんなら、片岡の出身、生い立ち、陸士での成績順位、現在の家族構成、経済状況なんかも詳しく教えてやれるが、どうする？」

——なんだと……。

脇坂は唖然《あぜん》として、もはや声も出なかった。

脇坂が考案した極秘の通信手段はいつの間にか完全に暴露されていた。その上、脇坂の唯一の接点であるKの正体まで完全に把握されているのだ。だとしたら、後はいったい何を……。

混乱する心中を正確に読み取ったように、背後の声が言った。

「勘違いするな。あんたに聞くことは何もない。今も、これからも、だ」

「……どういう意味だ」

やっとの思いで口を開いた。自分のものとは思えない、かすれた声で続けた。

「いや、それよりいつからだ。貴様たちは、私の秘密にいつから気づいていた？」

「最初から、だな。あんたのやり方は目立ち過ぎる」

「待て、待ってくれ！　最初から？　それじゃ、この前届いたKからの手紙はまさか……」

「あれは、俺たちが出した偽物だよ」

「他の前線部隊に潜入している同志がスパイ・ハンターに狩られているという、あの情報もか？」

「俺たちがでっち上げた、偽情報だ」

目の前の世界がぐらりと揺らいだ。激しい目眩《めまい》を覚えて、目を閉じる。もはや何が真実で、何が嘘なのか、見分けることは不可能だった。

諦《あきら》めて、目を開け、聞いた。

「……そこまでわかっていたのなら、なぜこれまで私を逮捕しなかった？　いや、そもそも貴様たちは、日本陸軍内に潜入している同志やシンパをそこまで把握していながら、なぜ摘発しないでいるんだ？」

「手段も人物もわかっているなら、こちらの手の内を明かす必要はない」

男はぞっとするような冷たい声で答えた。

「誰の手で、いつ、どんな情報が流れたのかさえ把握していれば、情報戦はむしろ有利に進められる。その上、敵の秘密通信手段を使って偽情報を流すこともできるんだ。一体どこに公表する意味がある？　陸軍内のあんたらの同志やシンパをすべて摘発しないのも同じ理由だよ。第一、今そんなことをしたら大騒ぎになる。実際、結構な数がいるんでね」

「だったら、なぜだ！」

脇坂は思わず感情にかられて声を上げた。

「そこまで言うのなら、なぜ今更こんな手間をかけて私を逮捕しなければならなかった……」

言いかけたその時、男の気配が音も無く背後に迫り、すぐ耳元で低い声が聞こえた。

――殺したろ。

「なっ……」

とっさに振り返ろうとして、激痛に引き戻された。

私が？　殺した？　何を馬鹿な……。

否定しようとして、不意に、怯《おび》えた老人の顔が脳裏に浮かんだ。

あっ。

脇坂は息を呑《の》んだ。

忘れていた。……いや、懸命に忘れようとしていたのだ。

十日前、この近くの村で日本軍と中国軍ゲリラ部隊との戦闘が行われた。脇坂は部隊長が止めるのも聞かず、戦闘直後に現場に駆けつけた。「動かすことの出来ない怪我人の応急手当」がその理由だったが、別に隠れた目的があった。その前夜、前線部隊の幹部たちが集まり、〝次に戦闘が行われた場合、東京の参謀本部が定めた停戦ラインを突破することも止む無し〟という取り決めが密かに交わされていたのだ。

前線部隊の独走の形で決定されたこの情報を、一刻も早くモスクワに伝えなければならなかった。

脇坂は、駆けつけた現場で戦闘で負傷した日本兵の応急手当に走り回る一方、〝顔も手も奇麗な支那兵の死体〟を探して回った。が、小さな村を舞台に行われた激しい戦闘の結果、道端に転がっている支那兵の死体はいずれも損傷が激しく、脇坂が通信紙を忍ばせるに足る対象はなかなか見つけられなかった。

日が落ちる前に撤収しなければならない。

宵闇が、すぐそこまで迫っていた。

焦った脇坂は、村人が放棄した一軒の納屋に一人で入りこみ、そこで見つけたのだ。無人だとばかり思っていた納屋の隅で、一人の中国人の老人が頭から茣蓙《ござ》をかぶり、身を小さくして、震えながら隠れていた。

脇坂はとっさに日本兵を呼ぼうと声を上げかけて、思い直した。

これしかない。そう思った。

脇坂は中国人の老人に対して安心するよう声をかけながら近づき、そして――殺した。

殺した老人に支那兵の軍服を着せ、ポケットに予め用意してきた通信文を押し込んだ。老人の死体を路上に引き出し、顔と手に防腐剤、さらに野犬が嫌う匂いの液体を塗布した。こうして〝顔も手も奇麗な〟支那兵の死体が出来上がった。後は、モスクワからの指令を受けた顔も名前も知らぬ同志が、死体のポケットから通信文を探し出し、モスクワに送る手《て》筈《はず》を取るはずだ。

脇坂は任務を遂行し終えたことに安堵し、一方で己の手で殺した老人については何とか忘れようと努めてきた。実際、ほとんど忘れかけていたのだ。今、指摘され、思い出させられるまでは……。

なるほどKの偽手紙は、脇坂に「わらわし隊」を充分に意識させ、彼らのネタに意識を集中させるための手段だった。

但し、彼が注目していたのは、ただ一点。

老人殺しについて脇坂がどう感じているか、だったのだ。

脇坂が示した反応は――。

〝とりたてて表情を変えたつもりはない〟。

正確には、〝軽く顔をしかめただけ〟だった。

それこそが問題だったのだ……。

「言ったはずだ、あんたのやり方は目立ち過ぎる、と」

背後の男は再び距離を置くと、はじめて声に不機嫌な調子をにじませて言った。

「あんたは機会があれば、また殺すだろう。迷惑なんだよ。あんたに、あちこちで不自然な死体を作られたんじゃな」

――殺す？　私が、また殺す？

脇坂は呆然《ぼうぜん》となった。

違う！　私はただ……理想社会の実現のために……。

「時間だ」

背後で男が短く言った。

「もうすぐ小野寺部隊長がこの部屋にやって来る」

東京参謀本部への定時の無電連絡のためだ。

彼が脇坂の腕時計を五分早めたのは、このためだったのだ。脇坂を逮捕し、その自我を完膚無きまでにたたき潰《つぶ》すために必要な時間。わずか五分――。

背後から伸びてきた手に無理やり引き起こされた。部屋の隅、窓の外に向かって置かれた椅子に座らされる。見えない場所で刃物が一閃《いっせん》する気配がして、次の瞬間、手足をきつく縛っていた細引きが解けた。

立ち上がろうとしたが、体の自由がきかなかった。きつく縛られて血流が止まっていたせいなのか、手足を妙な角度に捩《ねじ》られていたためか、あるいは知らぬ間にどこかの関節をはずされたのかもしれない。

椅子に座ったまま、外を眺める脇坂の背後から足音が遠ざかる。

ドアを開ける気配がした。

脇坂は動かない体を懸命に捩るようにして首を巡らせ、何とか視界の端にドアを捉えた。

ドアを開け、部屋を出て行く男の横顔。

藤丸がプロの芸人の目で見抜いた〝笑わぬ男〟。

西村久志陸軍二等兵。

信じられないことに、左腕は三角巾で吊ったままだった。おそらくその傷も、病院内で行われる慰問公演の際、脇坂の反応を間近で確認するために自分で自分の腕を撃ったものに違いない——。

部屋を出て行く刹那、西村二等兵の思いのほか端整な横顔に、亡くなった格兄さんの悲しげな顔が重なって見えた。

今後いくら探したところで、西村二等兵が、この前線部隊はおろか、陸軍に存在したことの証明すら不可能だろう。表向きはあくまで、脇坂が良心の呵責に耐え兼ねて自首したことになる。西村二等兵などという男は、そもそもこの場所に存在していなかった。蠅の王の下僕《しもべ》が地獄から現れ、地獄に帰って行っただけなのだ……。

脇坂はしびれた体で、椅子からなんとか立ち上がった。

と同時に、再びドアが開き、小野寺部隊長の酒焼けした赤ら顔が、公演の余韻を残したまま、にこにこと笑いながら入ってきた。

無人のはずの部屋の中に脇坂の姿を認めて、小野寺部隊長の顔にさっと不審の色が浮かんだ。視線が、机の上の告白文に釘《くぎ》付けになる。

脇坂はもはや弁明の言葉を持たず、足をよろめかせて再び椅子の上にくずおれた。

目を閉じる。

耳元でどっと笑い声がわきおこり、これまでの人生が夢のように消え失せた。

仏印作戦

——誰かが上着のポケットを探っている。

意識を取り戻して、最初に気づいたのはそのことだった。

右の頬の下に固い石畳の感触があった。……どうやら、うつ伏せに倒れているらしい。

起き上がろうとしたが、頭の芯《しん》がじんと痺《しび》れていて、手足が言うことをきかなかった。声を上げることはおろか、瞼《まぶた》を押し開けることさえ出来ない。

その間も何者かの手が容赦なく上着のポケットに突っ込まれ、中身が引き出される。顔のすぐ脇でちゃらちゃらと小銭が散らばる音が聞こえた。

不意に、ポケットを探るその手が止まった。

ポケットの中から手が引き抜かれ、何者かが走り去る、カツ、カツという靴音が遠ざかっていく……。

乱暴に引き起こされ、平手打ちに殴られた。

鋭い頬の痛みに意識がはっきりする。

薄く目を開けた。

すぐ目の前に、若い男の顔があった。切れ長の目、高い鼻梁《びりょう》、この地では珍しいほどの色白の肌だ。覗《のぞ》き込む男の眉間《みけん》には、心配そうな色が浮かんでいた。

「おい、きみ。大丈夫か?」

日本語で尋ねられた。途端に胸の内から不安と恐れが消え失せ、代わりに安堵《あんど》が広がった。

すぐにまた目の前が暗くなり、何もわからなくなった……。

1

昭和十五年六月二十一日——。

中央無線電信所に勤める高林正人《たかばやしまさと》は、突然上司から呼び出しを受けた。

デスク越しに渡された辞令を眺めて、高林は思わず眉《まゆ》を寄せ、それから顔を上げた。

「仏印《ふついん》に出張? 私が、ですか?」

「陸軍から、電信係を一名出してくれと言ってきたものでね。出発は三日後だそうだ。急な話だが、まあ、よろしく頼むよ」

それきり詳しい話は聞かせてもらえなかった。いや、尋ねたとしても――どのみち軍絡みの話だ――上司自身、詳しい事情など一切知らされていないに違いなかった。

高林は下宿に戻ると、大家の婆さんには「仕事でしばらく外地に出張することになった」とだけ告げ、身の回りの品をまとめた。

身分は軍属。

半軍人、半民間人という、中途半端な立場だ。

出発までの短い時間を使って、高林はなぜ自分が急遽《きゅうきょ》仏印――正確には、フランス領インドシナ連邦――に出張を命じられるはめになったのか、あれこれ理由を検討してみた。

個人的には、二十九歳のこの歳にして未だ独身であり、また遡《さかのぼ》れば大学の第二外国語でフランス語を履修したことが思い出される。だが現実には、そんな些細《ささい》な問題を軍が考慮することなどありえなかった。

結局、〝詳しい事情〟とやらは翌日の新聞で知った。

〈仏印に視察団派遣〉

との大見出しに続いて、記事には、

〝日本政府は、蔣介石《しょうかいせき》政権向け物資（所謂《いわゆる》援蔣物資）の仏印通過を禁止する此度《このたび》の仏印当局の決定を歓迎する一方……封鎖状況を監視する為の視察団派遣を、アンリー駐日フランス大使に対して申し入れた。

アンリー大使は日本の提案を快く応諾……近く、我が国の陸海軍軍事専門家を中心とした視察団が仏印に派遣されることになった。云々《うんぬん》〟

と、大体そんなようなことが書いてある。

どうやら、この視察団の一員として派遣されることになったらしい。高林は下宿の畳の上に広げた新聞を前に、腕を組み、ウンと唸《うな》った。

どのみち、近々外地勤務に出されるのは、ある程度覚悟していたことだ。すでに少なからぬ数の同僚が軍に徴用され、北京や新京《しんきょう》、大連《だいれん》といった北支無線電信所に派遣されている。大陸での戦争は長期化、泥沼化の様相を呈していて、通信係として大陸に派遣された同僚の中には、運悪く戦闘に巻き込まれて〝名誉の戦死〟を遂げた者まで出ているくらいだ。

一方、仏印はどうか？

ヨーロッパではナチス・ドイツが〝鉄壁〟を謳《うた》われたマジノ線を機械化部隊によって電撃的に突破。先日十七日には、パリ陥落の衝撃的な知らせが届いたばかりだ。フランスはドイツに降伏。親独的なペタン新政権が打ち立てられた。仏印当局が、予《かね》てより日本政府が申し入れていた〝援蔣ルート遮断〟をここにきて急に決断したのも、本国フランスの現状を受けての話だろう。

――北支に行かされるくらいなら、仏印は悪くない。そんな気もする。

――少なくとも仏印ならば、命の危険にさらされることはあるまい。

高林はそう考えて、腕組みを解いた。

軍人ではないのだ。〝名誉の戦死〟など、正直、まっぴらだった。


東京駅から汽車で下関《しものせき》。そこからさらに船と飛行機を乗り継いで、ようやく目的地に到着した。仏印の首都ハノイの第一印象は、何と言ってもひどい暑さだった。日本の夏とはまた質の異なる、まるで蒸し風呂の中にいるような暑さだ。

同行の者たちがねを上げる中、高林は翌日から一人で自転車に乗ってハノイの市内をぐるぐると走り回った。

南国高知出身の高林とて、暑さを感じていなかったと言えば嘘になる。だがそれより何より、初めて眼にするハノイの街に高林はすっかり魅了された。

フランスに占領されて六十年。かつての李《り》王朝の都をフランス人が自分たちの好みに合わせて勝手につくり変え、彼らが勝手に「東洋の小パリ」と呼ぶハノイの街並は、アジアとヨーロッパの混淆《こんこう》による不思議な異国情緒に溢《あふ》れていた。

隙間なく石畳を敷き詰めた大通りの両側にはバルコニーのある西洋館が建ち並び、

その西洋風の建物と競うようにタマリンドやココ椰子《やし》といった南国の巨大な街路樹が気怠《けだる》く影を落としている。街の中に漂う、南国のむせ返るような花の芳香。強い日射しの中、菅笠《すげがさ》様のものを頭にのせ、眼にも鮮やかな色使いの絹服《アオザイ》をまとった、褌子《ズボン》姿の若い女たち。街の至る所にフランス語で書かれた看板が氾濫《はんらん》し、街路には必ずフランスの将軍や総督たちの名前がつけられている。様々な歩調で街を行き交う人々は、フランス人、ベトナム人、中国人、あるいは長い時間を経て複雑に血が入り混じった一見何人《なにじん》とも知れぬ者たちだ……。

田舎から東京に出て以来、日本を離れたことがなかった高林には、目に映るものすべてが新鮮であり、かつ驚きの対象であった。

無論、遊んでばかりいたわけではない。

ハノイに到着後、高林は初めて業務――軍絡みなので〝任務〟――の内容を告げられた。与えられた任務は、大きく分けて二つ。

一つは、視察団が作成した通信文を暗号化すること。

もう一つが、作成した暗号電文を東京の参謀本部に送ることだ。

命令を受け取った時、高林は最初命令の意味がわからず、首を傾げた。

二つ？

通信文を暗号化して送る作業は、通常一つの業務と見做《みな》される。

だが、事情はすぐに判明した。

今回日本政府が仏印に派遣した視察団は、土屋昭信《つちやあきのぶ》陸軍少将を団長とする軍事専門家三十名、外務省職員十名、それに若干の通訳及び雇員を含む、総勢五十名の大所帯である。ちなみに高林は最後の〝雇員〟に当たるわけだが、問題は最初の区分け〝軍事専門家三十名〟の内訳であった。

陸軍から二十三名、海軍から七名。

奇妙なことに、陸軍派遣の者たちと海軍派遣の者たちの間には、交流というものが一切存在しなかった。

仏印側から提供された二階建てのかなり大きな建物に本部が設置され、部屋が割り当てられた後は、陸軍、海軍、さらに外務省の視察メンバーはそれぞれが独立して活動し、相互に情報を交換することはおろか、顔を合わすことさえ稀《まれ》であった。

その上——これまた聞いた瞬間、開いた口がふさがらなかったのだが——今回の視察団には自前の無線設備なるものが存在しなかった。いや、どうやら海軍だけは独自に小型の無線装置を持ち込んでいるらしい。だが、高林の直接の雇い主である陸軍は無線設備をそもそも持参しておらず、どうするのかと思えば、仏印側の施設を使って東京の参謀本部に無電を送るのだという。しかし——。

それでは、視察団の活動は仏印当局に筒抜けになってしまうのではないか？

高林が恐る恐る質問を試みたところ、土屋少将は丸い銀縁眼鏡の奥で質問者を睨《ね》め伏せるようにぎょろりと目玉を動かして、

「そのために陸軍の暗号電文を使うのだ」

と言い、

「わが帝国陸軍は、最近暗号表を刷新したばかりである。たとえ暗号電文を何者かが盗み読んだところで、内容を解読されるなどということは絶対に起こり得ない」

と。さらに、

「フランス本国は、盟友ドイツに対してすでに降伏している。フランスの一植民地に過ぎない仏印が、日本に対して敵対的行為をとるはずがない」

と自信たっぷりな口調で言い切った。

要するに、高林に与えられた任務は次の二つということになる。
一、土屋少将が書いた日本語の通信文をもとに暗号電文を作成。
二、その暗号電文をハノイ中心部にある仏印の郵便電信局に持って行き、仏印側の施設を使って東京に打電する。
手近にある海軍の小型無線機を利用することは、最初から検討されなかった。

海軍と陸軍では暗号表が異なっているため、同一の無線機から異なる暗号を発信すれば、受け手の側で混乱を来す恐れがある。

それが表向きの理由だったが、技術者である高林にしてみれば、そんなことは技術的な、容易に解決される問題としか思えなかった。

――これが噂に聞く、陸軍と海軍の間の確執なのか……。

高林は見てはいけないものを見てしまった気がして、事態から慌てて眼を逸《そ》らした。

2

勤務時間は、朝八時から正午までと、午後三時から六時までと定められた。昼時の三時間休憩――昼食及び昼寝《シエスタ》――は、内地の人間が聞けば羨《うらや》ましがるに違いない。が、実際問題、その時間はあまりの暑さに仕事どころの話ではなかったのだ。

仏印ハノイでの仕事は、最初の予想に反して、楽なものとは言い難かった。

本部一室に設けられた高林の机の上には、連日、土屋少将の筆による通信文がひっきりなしに届けられた。高林はこの日本語で書かれた通信文――通称〝平文《ひらぶん》〟――を順次暗号化して暗号電文に置き換えるわけだが、これがなかなか手間のかかる作業であった。

仏印に派遣された日本陸軍が採用した暗号方式は、まず日本語で書かれた通信文を暗号用の分厚い辞書（所謂暗号表《コードブック》）を用いて四桁《けた》数字の数字文へと変換。その数字文に、さらに乱数表によって定められた数を加減して別の数字文を作成するという、二度の変換作業を必要とした。

逆に、受信した暗号電文は、受信者側で翻訳用の乱数を加減して数字文に変換、これをさらに暗号翻訳用の辞書を使って日本語の平文に置き換えることになる。

いずれも、すべて手作業。

機密保持の観点からすれば優れたシステムなのだろうが、実際に暗号電文を作成し、あるいは解読する通信士にとっては、高度な集中力と煩瑣《はんさ》な作業を要求される、実にやっかいな代物だ。

面倒な作業のおかげで、通信文の内容は読むつもりがなくても自然に頭に入ってきた。

例えば、国境沿いの監視ポイントに派遣された視察団員の報告。

報告によれば、仏印当局は日本との取り決めに驚くほど忠実に従っていた。

援蔣ルートの幹線と見られていたハノイ・昆明《こんめい》間を結ぶ滇越《てんえつ》鉄道は、国境のラオカイでレールが外され、列車の走行そのものが不可能となった。これまで北部仏印経由で蔣介石を支援してきた英米諸国の所謂《いわゆる》援蔣物資は、この措置によってルートを遮断されることになったのだ。

結果、莫大《ばくだい》な援蔣物資が国境付近で滞留し、その取り扱いについて指示を求める内容もあった。

通信内容は、基本的には〝仏印当局の日本への誠意ある対応〟を伝えるものばかりであり、高林にしてみれば、こんなものがわざわざ手間のかかる暗号にして送るほどの機密情報なのか、と腹立たしく思ったくらいである。

だが、高林はすぐに己のお人好しぶりに気づくことになる。

机の上に無造作に置かれた通信文の中に、やがて仏印軍の装備や配置状況についての極密情報が交じるようになった。

どうやら今回の視察団は〝援蔣物資遮断状況の監視〟という表向きの理由の裏に、別に隠された目的を持っているらしい……。

そう気づいて以来、高林は意図的に通信内容を頭から締め出すようにした。

——知る必要のないことは、知らないにこしたことはない。

それが高林の人生のモットーだった。

高林は、機械的に暗号化した通信文をハノイの中心にある仏印郵便電信局に持って行き、日本に向けて暗号文を打電した。あるいは、受信した暗号電文を持ち帰り、翻訳用の乱数を加減、暗号表で日本文に戻して、土屋少将に届けた。

内容は一切見ないよう心掛けた。見なければトラブルは存在しない。頭のどこかでそう考えていた。まさか自分が事件に巻き込まれるとは、その瞬間まで思ってもいなかったのだ。

襲われたのは、突然だった。

ハノイに来て一ヵ月。後から考えれば、油断があったのかもしれない。だが、街で出会うベトナムの人々はみな大変友好的であり、高林はしばしば見知らぬベトナム人から笑顔で挨拶《あいさつ》された。一方また、この地を長く植民地として支配してきたフランス人たちの間には――本国がナチス・ドイツに降伏した衝撃から未だ抜け出せないのであろう――ひどく退嬰《たいえい》的な雰囲気が広がっていた。仏印当局は日本の視察団をおよそ卑屈と言えるほどの態度で受け入れており、敵対的な雰囲気は少しも感じられなかった。

危険など、いくら目を凝らしても薬にするほども見当たらない。常に油断を怠るな、という方が無理な話だった。

高林も、ハノイに到着後しばらくの間は警戒して夜の外出を控えていたものの、そのうちに日本の軍人たちに連れられて、ハノイ一の歓楽街であるカムティエン通りや、街のはずれにある湖に突き出すように建てられたダンスホールに出入りするようになった。

最初は気乗りしないまま連れて行かれたハノイのダンスホールだったが、その華やかさに高林はすっかり心を奪われた。ダンサーのベトナムの娘たちは夢のように美しく、昼間は覇気の無いフランス人将校たちも夜の街では別人のように生き生きとしていた。会話はうろ覚えのフランス語と片言のベトナム語でなんとか事足りた。

高林は連夜のようにダンスホールに通い詰め、幾人かのベトナム人やフランス人と知り合いになった。それまで聞いたこともない様々な種類の酒を教えられ、不思議な名前のカクテルに酔いしれた。

別天地。

そんな言葉が頭に浮かんだ。内地では贅沢《ぜいたく》が悪いこととして戒《いまし》められ、女性のパーマネントさえ禁止されている状況がまるで嘘のように思われた。

そのダンスホールからの帰り道だった。

いつものように紅河《ホンハ》河岸の道を歩いていた高林は、不意に背後から棍棒《こんぼう》のようなもので頭を殴られた。

いや、棍棒のようなものでとは後から考えたことで、事実はわからない。その瞬間は、自分の身に何が起きたのかさっぱりわからなかった。

痛いというよりも、衝撃に頭の芯がじんと痺れたような感じだった。目の前がまっ暗になり、膝《ひざ》から石畳の上にくずおれた……。

意識を失っていた時間は短かったようだ。

何者かが上着のポケットを探る気配で気がついた。

右の頬の下に冷たい石畳の感触があった。どうやら、うつ伏せに倒れているらしい。

高林は自分が置かれている状況を懸命に思い起こした。

そうだ、紅河河岸の道を一人ぶらぶらと歩いている時に襲われたのだ……ダンスホールの帰り道……道の片側には倉庫のような建物が並んでいて……空には三日月……前後の人通りは絶えていた……。

起き上がろうとしたが、体が言うことをきかなかった。声を上げることはおろか、瞼を押し上げることさえ出来ない。ひどく頭が痛かった。

その間も何者かの手が容赦なく上着のポケットに突っ込まれ、中身が引き出される。顔のすぐ脇でちゃらちゃらと小銭が散らばる音が聞こえた。

——金目当ての強盗、か……。

高林はまだぼんやりしている頭で考えた。

——こんなことになるなら、誰かを誘って一緒に帰るんだったな。

反省したが、後の祭りだった。後悔は、なぜかいつも後からやってくる。

高林は目を閉じたまま苦笑した。相変わらず体は動かない。こうなったら、後は運を天に任せるしかなかった。

不意に、ポケットを探っていた手が止まった。

ポケットの中から手が引き抜かれ、何者かが走り去る、カッ、カッという靴音が遠ざかっていく……。

乱暴に引き起こされ、平手打ちに殴られた。

鋭い頬の痛みに、一瞬、意識がはっきりする。

薄く目を開けた。

すぐ目の前に、若い男の顔があった。切れ長の目、高い鼻梁、この地では珍しいほどの色白の肌。覗き込む男の眉間には、心配そうな色が浮かんでいる。

「おい、きみ。大丈夫か？」

日本語で尋ねられた。途端に胸の内から不安と恐れが消え失せ、代わりに安堵が広がった。

高林は遠い異国の地で自分を助けてくれた若い男に向かって微《かす》かに頷いてみせると、そのまま、またすぐに意識を失ってしまった……。

3

「オカエリナサイ」

ドアを開けるとすぐに、片言の日本語が出迎えてくれた。

声に続いて、小柄な、若い女が姿を現した。

印象的な黒瞳《くろめ》がちの大きな目。黒い艶《つや》のある髪を肩の辺りまで垂らしている。もう遅い時間だというのに、白い絹の褌子と花模様の絹服というきちんとした恰好《かっこう》でいるのは、高林の帰りを待ってくれていたからだ。立襟の上に細い首を傾げ、口もとにはいつもの柔らかな笑みが浮かんでいる。

女の名は、イエン。

こっちの言葉で〝燕《つばめ》〟を意味するそうだ。

「ただいま、イエン」

高林は両手を広げて、華奢《きゃしゃ》な体を丸ごと抱きしめた。

イエンとは、ダンスホールで知り合った。初めて見かけた時、イエンは腰の辺りまでスリットの入った裾《すそ》の長い青い絹服を着て、ダンスフロアを文字通り燕のように軽やかに舞っていた。高林は一目でイエンに夢中になった。毎日彼女目当てに通い詰め、強引に口説き落とした。競争者《ライバル》は多かったはずだ。イエンが一緒に暮らすことを承知してくれた時、高林は自分の幸運を信じられないくらいだった。

レ・ロイ通りにあるこの瀟洒《しょうしゃ》な西洋館を借りたのも、イエンと一緒に暮らすためだ。

高林ののぼせぶりは周囲の者たちからも散々からかわれた。が、外地に出た日本の軍人の多くは日本に妻子を置いたまま外地で家庭をもち、平気で二重生活を送っているのだ。正真正銘独身の高林がとやかく言われる筋合いではない。尤《もっと》も最近では、折角一緒に暮らし始めたイエンを家に残して、またぞろダンスホール通いをはじめたのだから、我ながら呆《あき》れるばかりであった。

不意に後頭部に鋭い痛みを感じて、高林はびくりと肩を震わせた。腕の中でイエンが手を伸ばし、高林の頭をそっと撫《な》でたからだ。

「ドウカシタノ？　痛イノ？」

イエンが体を離し、心配そうな表情で高林の顔を覗き込んだ。

「何でもない。ちょっと頭をぶつけてね。それより、イエン……」

高林はイエンの細い肩を抱き締め、その手をせわしなく動かしながらも、頭の隅からさっき別れたばかりの不思議な男の存在をどうしても振り払えないでいた——。

永瀬《ながせ》則之《のりゆき》。

高林を暴漢の手から救ってくれた若い男は、そう名乗った。

ハノイの中心街にあるコンチネンタル・ホテルのバーでのことだ。

紅河河岸のあの道からどうやってコンチネンタル・ホテルまでたどり着いたのか、高林はよく覚えてはいなかった。ただぼんやりと、誰かに肩を貸してもらって歩き、その後は車に乗せられて来たような記憶が、途切れ途切れにあるだけだ。

バーのスツールに腰を下ろした高林は、相手に言われるまま目の前に差し出されたグラスを一息に飲み干して、危うくむせそうになった。グラスには度の強い酒が生《き》のまま、なみなみと注がれていたのだ。

「やっと目の焦点が合いましたね」

しかめた顔を上げると、目の前に若い男の薄く笑った顔があった。目鼻の整った、端整な色白の顔。どこか能面のような、作り物めいた印象がある。

「こんなときは強い酒が一番です」

若い男はニヤリと笑ってそう嘯《うそぶ》くと、高林に目を向けて尋ねた。

「何か奪《と》られたものはありませんか？」

高林は我に返り、慌てて自分のポケットを探った。

意外にも、財布はちゃんと残っていた。中の小銭がいくらか減っているようだが、そもそも自分が持っていた金額など正確には覚えてはいなかった。いずれにしても大した額ではない。ズボンのポケットの鍵束《かぎ》もそのままだ。後は思いつく限り、ハンカチ一枚無くなっていなかった。

高林はほっと息をついて、顔を上げた。

「幸い奪られたものは何もないようだ。あの時、君が駆けつけてくれたお陰だな。本当に助かったよ」

「それを聞いて安心しました」

若い男は細く目を引き絞ると、顔を寄せ、高林の耳元で囁《ささや》くように訊《き》いた。

「……暗号電文は、命令通り、打電後その場で破棄してくれたのですね？」

高林は弾《はじ》かれたように体を引き、相手の顔をまじまじと見つめた。

暗号電文の扱いに関して、高林は幾つかの厳格な命令を受けている。

ハノイからの発信電文に関して言えば、土屋少将が作成した日本語の通信文は本部から一歩たりとも外へ持ち出すことは許されず、暗号化の作業はすべて本部の一室で行うことになっていた。暗号表並びに乱数表は本部で厳格に管理され、使用の際には一々土屋少将の許可が必要だった。乱数化された暗号電文は仏印郵便電信局にある仏印側の設備を使って、東京に打電されるが、打電後の暗号電文は、その場で直ちに破棄することが要求された。また逆に、東京の参謀本部から送られてきた暗号電文は、ハノイ本部での解読後、これまた直ちに破棄されなければならない。

ハノイ到着当初は、暗号電文の運搬には必ず陸軍の者が付き添っていた。が、最近では危険がないと判断されたのだろう、暗号電文を身につけた高林一人で行き来するようになっている。しかし——。

なぜこの男が、軍の内部事情を知っているのか？

高林は相手の作り物めいた端整な顔に目を細め、一呼吸置いて、低い声で尋ねた。

「……何者なんだ、きみは？」

「すみません、自己紹介がまだでしたね」

永瀬則之。若い男はそう名乗ってから、男にしては珍しいほどの朱色の唇の端をちょっと歪《ゆが》めるようにして、不思議なことを呟《つぶや》いた。

「お互い、名前が無いとなにかと不便ですからね。一応、そういうことにしておきましょう」

どういう意味か、と相手に尋ねる隙を与えず、永瀬は高林にのみ聞こえる程度の小声で言葉を継いだ。

「ご心配なく。軍の関係者です」

「軍の関係者？　きみが、か？」

「こう見えても陸軍少尉でしてね。……ああ、すみません。ちょっと失礼」

永瀬はそう言うと流れるような動きでスツールを滑り降り、ちょうど背後を通りかかった年配のフランス人将校をつかまえて小声で何事か話しはじめた。どうやら高林と話をしながらも、背後の人の流れを正面の鏡に映して確認していたらしい。

会話の内容までは分からなかったが、少なくとも高林の片言などとは程遠い、滑らかで淀《よど》みのないフランス語だった。そう言えば、さっきホテルの入り口で永瀬が誰かに流暢《りゅうちょう》なベトナム語で話しかけ、ロビーに入ってからは別の者と中国語で打ち合わせているのを、ぼんやり聞いた覚えがあった。未だ現地の人たちとろくな会話もできない高林にしてみれば、呆れるばかりの語学の才と言うほかない。いや、そんなことはいい。それより……。

――陸軍少尉だと？

年配のフランス人将校と笑顔で話し込む若い男は、陸軍少尉はおろか、およそ帝国日本陸軍の関係者には見えなかった。

第一、日本の陸軍は入隊した時点で全員が坊主刈り、外地での外出時の服装は必ず軍服と決まっているはずだ。永瀬は長く伸ばした髪を奇麗《きれい》に撫でつけ、柔らかな生地のクリーム色の上下のスーツ、襟元に覗く洒落《しゃれ》たスカーフも、その下の白いシャツの生地も、一目で高級品とわかる代物だった。足下の革靴は顔が映るほどピカピカに磨きあげられている。一分のすきもないその身なりは、軍人というよりは、商売に成功した青年実業家か、もしくはどこかの華族の坊ちゃんといった方がよほどしっくりくる。高林はこれまで少なからぬ数の軍人に接してきたが、永瀬からは彼ら特有の〝軍人臭さ〟といったものがまるで感じられなかった。

仏人将校との会話を終えて戻って来ると、永瀬は前置きもなく、いきなり高林に尋ねた。

「今夜襲われた理由に、心当たりはおありですか？」

「襲われた理由？」

不意をつかれ、思い出した途端、殴られた後頭部がまた痛み出した。

「心当たりなどないが……。どうせ金目当ての棍棒強盗だろう。ハノイは治安が良いと聞いていたんだが、まったく物騒な話だ……」

と顔をしかめて言いかけて、不意にハッとなった。

「まさか？」

「あなたはさっきご自分で『奪られたものは何もない』と言ったのです」

永瀬は頷いて言った。

「あなたを襲った奴はポケットからいったん財布を取り出して、中の小銭をぶちまけている。金目当ての強盗なら、財布をそのまま持ち去ったはずです。襲撃者は明らかに、別の何かを奪うことを目的にあなたを狙った。つまり……」

「待ってくれ！」

高林は慌てて手を振り、相手の言葉を遮って低い声で尋ねた。

「その前に教えてくれないか。きみは今夜、なぜあの場所に居合わせたんだ？　その口ぶりじゃ、たまたま通りかかった、というわけではなさそうだな？　そもそもきみは軍人には見えない。いったい何者なんだ？」

永瀬は目を細めると、質問とは関係なく、まるで独り言のように呟いた。

「そうだな。例の件もある。ある程度は、事情を知っておいてもらうとするか……」

それから改めて向き直り、驚くべきことを高林に告げた。

想像した通り、永瀬は今夜たまたまあの場所を通りかかったのではなかった。

永瀬は今夜、ある男を尾行していた。その男は数日来高林を尾《つ》けまわっていて、今夜高林が人通りのないあの場所を通りかかったのを幸い、襲撃に及んだというのだ。

「私が尾行していた男の名は……これはまあ、聞いても仕方ないでしょう。あなたはご存じないでしょうし、どうせ偽名ですからね。それに、奴はとっくにこの国を逃げ出しているはずです」

「……とても信じられないな」

高林は首を振って呟いた。

「すると私は、その名前も知らない男にもう何日も尾けまわされていたというのか？　自分じゃ全然気づかないで？　しかもその男を、さらにきみが監視していただって？」

「ええ。私としても、まさか奴があなたにいきなり棍棒で殴りかかるとは思っていなかったものですからね。気づかれないよう距離を置いて尾行していたのが、裏目に出ました。慌てて駆けつけたのですが……。救助が遅れたことはお詫《わ》びします」

永瀬は表情一つ変えず、流れるような口調で答えた。

「だが……クソッ、わからないな。そいつはいったいなんだってまた私を尾けまわす必要があったんだ？」

「無論、あなたが身につけているかもしれない、暗号電文を奪うためですよ」

永瀬は肩をすくめてそう言うと、未だ疑わしげに眉をひそめている高林に向かって、手短に事情を説明した。曰《いわ》く、
英米諸国は現在、日本の南方政策がどのようなものになるのか、ひどく神経を尖《とが》らせている。そこへ今回、日本の視察団が仏印入りを果たした。視察団の存在は、国境を接する重慶・蔣介石政権のみならず、これまで仏印経由で重慶政府を支援してきた英米諸国にとっても脅威である。彼らは仏印監視団と東京参謀本部との間でどんなやり取りがなされているのか、何とかして知ろうと様々な手段を画策している……。

「私が尾行していた——つまり、今夜あなたを襲ったあの男は、直接は蔣介石政権に雇われたスパイでした。が、その裏には英米いずれかのスパイ組織が関与している可

能性があります。そして各国のスパイが今虎視眈々《たんたん》と狙っているのが、高林さん、あなたという存在なのです。あなたがもし今夜、命令通りに暗号電文を破棄せずに持ち歩いていたとしたら、日本の暗号電文はまんまと彼らの手に奪われていたことでしょう。危ないところでした」

高林はもはや、呆気《あっけ》に取られて目を瞬《しばたた》くだけであった。

これまで自分が見てきた、異国情緒溢れる、平和で、穏やかなハノイは何だったのか？

芳醇《ほうじゅん》な酒と美しい女性に酔いしれていたすぐその裏で、謀略渦巻く恐ろしい世界が蠢《うごめ》いていた……よりによってその渦の中心に自分が投げ込まれていたのだとは……。

ぼんやりしていたので、危うく永瀬の次の言葉を聞き逃すところであった。

「すまない。もう一度言ってくれないか」

「いいですか、高林さん」

永瀬は短く言葉を切り、噛《か》んで含めるように言った。

「事態はあなたが思っている以上に緊迫しています。こうなった以上、今後はあなたにも極秘の任務を引き受けてもらわなければなりません」

「極秘の……任務？」

「何も難しい任務をお願いするわけではありません。但し、この件は陸軍内でも極めて機密性の高い事案であり、周囲の者には決して悟られてはなりません。たとえ、視察団団長である土屋少将にも、です」

「冗談だろう？」

高林は曖昧《あいまい》な、どっちつかずの笑みを浮かべて言った。

「私は陸軍に雇われてハノイに来ているんだ。土屋少将にも秘密？　そんな仕事を引き受けられるはずが……」

「大丈夫です。陸軍参謀本部は本件を了解済みですから」

永瀬は高林の目をまっすぐに覗き込み、安心させるように頷いてみせた。

「万が一、問題になった場合はこの名前を出して下さい。それで万事解決するはずです」

永瀬はそう言うと、紙ナプキンに万年筆で何事か書きつけ、高林にちらりと示してみせた。そしてすぐに火をつけ、灰皿の中で粉々に砕いてしまった……。

ベッドに横になりながら、高林はなかなか寝つけなかった。

さっきから隣では、イエンの穏やかな寝息が聞こえている。

高林は一つため息をつき、ふと、目の前の暗闇に炎の中に浮かぶ文字を見た気がした。

いたのだ。

永瀬の指先で燃え上がった紙片には、その三つの文字がくっきりと浮かび上がって

D、機、関。

4

翌日の昼の休憩時間。高林は同僚の誘いを断り、一人で昼食に出かけた。

チュックバイック湖に面したカフェ《パヴィリオン》。

本部からは少し距離があるので、視察団の人間は滅多に訪れない。

鳥肉入りの麺《フォー・ガー》で簡単に昼食を済ませ、食後にフランス風の濃いコーヒーを飲んでいると、カフェの入り口に永瀬が姿を現した。

表の強い日射しにもかかわらず、相変わらず一分の隙もない、まっ白なスーツ姿だ。足下の革靴は埃《ほこり》っぽい道を歩いてきたとは思えないほどぴかぴかに磨き上げられている。驚いたことに、額には汗一つ浮かんでいなかった。右手に読みかけらしい新聞を四つ折りにして持っている。

時計を見ると、一時きっかり。

約束の時間だった。

カフェの入り口で足を止めた永瀬は、テーブルを選ぶように左右を見回した。

右手の新聞を、ゆっくりと左手に持ち替える。

〝警戒解除《オール・クリアー》〟。

高林は小ぶりのカップを唇に当てたまま、詰めていた息を、そっと吐き出した。

——私の姿を見ても、あなたの方からは決して声をかけないで下さい。

昨夜永瀬は、コンチネンタル・ホテルのバーで高林にくどいほど念を押した。

「怪しい者が周囲にいないかどうか、まず私が確認します。右手の新聞を左手に持ち替えれば警戒解除——怪しい者はいない——の合図です。が、もし私が新聞を右手に持ったままの場合は、すぐに席を立って店を出て下さい。決して私に声をかけてはいけません」

そう言われていたのだ。

永瀬はテーブルに歩み寄ると、店内に高林がいたことに初めて気づいたような顔で声をかけた。

「おや、こちらでお昼をされていたのですか？　珍しいですね」

「たまには河岸《かし》を変えようと思ってね」

高林は昨夜教えられた通りの台詞《せりふ》を口にした。

——当方も異状無し。

そういう意味だ。もし何かあれば「失礼ですが、どちら様でしたでしょうか？」と尋ねる取り決めになっていた。

「ご一緒してもよろしいですか？」

永瀬はそう尋ねて、向かいの椅子に腰を下ろした。テーブルの上には高林がさっきまで読んでいた新聞が、四つ折りにして置かれている。その隣に、永瀬は持って来た同じ新聞——フランス語の『ル・タン』——を並べて置いた。

フランス風の濃いコーヒーを飲みながら、十分ほど当たり障りのない世間話をした後で、高林は先に席を立った。

「そろそろ仕事の時間なので、これで失礼します。では、いずれまた」

会釈して、机の上の新聞をひょいと拾いあげた。——但し、自分の新聞の代わりに、永瀬が置いた方だ。

新聞を本部に持ち帰り、周囲に人がいないことを確認して、中を検《あらた》めた。

折り畳んだ新聞の内側に、目立たぬよう薄い小さな紙が貼ってある。白紙。一見、何も書かれていないように見える。だが、言われた通りに紙の表面を鉛筆の芯で軽く擦《こす》ると、幾つかの文字が浮かび上がってきた。

極秘の打電内容。それに、次の会見日時と場所だ。

高林は一瞥《いちべつ》して内容を頭に入れると、これも指示通り、紙を水に浸《つ》けた。

薄い紙はすぐに水に溶け、跡形もなく、消えてなくなった。

高林は暗号表と乱数表を取り出し、早速、暗号電文の作成に取りかかった……。

実を言えば、最初の一週間はびくびくものだった。

——正式ルートで与えられた以外の内容を打電する。

それは、通信士にとっては最大の禁忌《タブー》である。その禁忌をあえて犯す。周囲の者たちには一切気づかれぬよう極秘で暗号文を作成し、通常の電文に紛れこませて密かに打電する。

陸軍に雇われている以上、命令以外の電文を発信することは明らかな規約違反であり、それどころか、場合によっては軍法会議にかけられる恐れさえある。

高林がその危険を冒してまで永瀬の指示に従ったのは、一つには彼に危ないところを助けてもらったという恩義を感じたからだ。が、理由はそれだけではなかった。

「各国のスパイが今虎視眈々《たんたん》と狙っているのが、高林さん、あなたという存在なのです」。永瀬はそう言った。

日本に居た頃は考えられなかったことだが、高林は初めて自分が秘密の中心にいるという情況にぞくぞくするような快感を覚えた。それも無論、

——何かあれば永瀬が守ってくれる。

という信頼感あってのことだ。

結局のところ、永瀬の言葉と人柄には他人を説得せずにはおかない不思議な魅力があった、ということだろう。

依頼された〝極秘任務〟は二つ。

一つは、永瀬から渡されたメモを暗号電文化すること。

もう一つが、作成した暗号電文を参謀本部宛てに打電することだ。

渡されたメモは、いずれも一読して意味をなさない奇妙な文章ばかりだった。これはつまり、受け取る側(参謀本部)との間に事前了解が存在することを示唆していた。

一方、打電方法についても奇妙な指示が与えられた。

「通常通信の最後に必ず添える〝通信終了〟の暗号。その後で、極秘電文を打電して下さい」

最初に会った時、永瀬はそう言ったのだ。

――しかし、〝通信終了〟の暗号の後では、参謀本部はいかなる電文も受け付けないのではないか？

高林の疑問に対して、永瀬は薄く笑い、その点はあなたが心配することではありません、と謎のような言葉を口にしただけだった。

いずれにせよ、陸軍参謀本部が了解済みの極秘任務であることだけは間違いないらしい。

　高林はそれ以上、詳しく聞こうとは思わなかった。

5

「私たちの仕事に最も必要なものは何だかご存じですか？」

　唐突に尋ねられた。

　いつぞやと同じコンチネンタル・ホテルのバーでのことだ。

　高林が暴漢に襲われたあの夜の事件から二週間が経とうとしていた。

　例の新聞交換による指示で、その夜、高林はコンチネンタル・ホテルに呼び出された。

　時間通りに到着すると、永瀬は先にバー・カウンターで待っていた。言われた通り、一つ間をあけて席を取り、バーテンに《楽園》という名のカクテルを注文する。〝異状無し〟のサインだ。

　永瀬はしばらく正面の鏡に映して背後を確認していたが、おもむろに隣に席を移すと、やはり高林の方を見ないまま、低い声でここまでの労をねぎらった。その後で、唐突に尋ねたのだ。私たちの仕事――つまりスパイには何が必要なのか、と。

尋ねておいて、永瀬はすぐに自分で答えた。

「それは、運です」

「運？」

意外な気がした。

てっきり勇気や行動力、といった答えを予想していたのだ。

「正確には、運と、それを利用する能力ですね。あるいは、目の前で起きた偶発的な出来事を自分自身の幸運に変える柔軟性と言い換えても良い」

永瀬はいったん言葉を切り、朱色の唇の端にちらりと微笑を浮かべて、再び続けた。

「たとえば、高林さん、先日あなたが敵方のスパイに襲われ、その場に私が居合わせたことは、ある意味偶然でした。しかし、私はその機を捉えて、あなたに極秘任務を依頼することにした……。一般人であるあなたに接触することは、本来ルール違反なのです。が、我々が訓練を受けた場所ではこう教えられます。〝生き延びるためにはルールを破れ。頭を使え〟と。運とは、つまりそういう意味ですよ」

なるほど、と高林は感心して頷いた。

「あなたのお陰で、この地における任務は飛躍的な成果を上げることができました。もうすぐ私の任務は終了する予定です。詳しい任務内容は残念ながらお教えすることができませんが、あなたのご助力には感謝します」

永瀬はそう言って、ちらりとグラスを上げてみせた。

「一つ尋ねてもいいかな?」

高林はおずおずと口を開いた。

「今後の参考のために教えて欲しいんだが、私が敵のスパイを見分けるこつのようなものは何かないのだろうか?」

難しいですね、と永瀬は困ったように目を細めて答えた。

「そもそもスパイは目立つ存在であってはならない——逆に言えばスパイは何者でもありえるのです。ホテルのフロント係、バーテン、新聞記者、神父、医者、警官、あるいは軍人。誰であっても不思議ではない。彼らがどんな偽装をしているのか、一般の人間には区別が難しい。特にこの国では……」

永瀬は軽く顔をしかめて、背後のフロアを肩越しに振り返った。

言わんとする意味は、すぐにわかった。

視線の先には、この土地で多く見られるフランス人将校をはじめとして、亡命ロシア人、イギリス人の新聞記者、アメリカ人観光客、裕福な華僑《かきょう》、商売に成功した地元のベトナム人、さらには六十年に及ぶフランスの植民地時代に洋の東西を問わず様々な血が入り混じり、また南国の強い陽光に焼かれて、一見何人《なにじん》とも見分けのつかない者たちが行き来しているのだ。

この土地では、日本人の数は限られている。日本側のスパイとしてこの中に潜り込むことは困難だろう。尋ねたところ、永瀬がいつも一分のすきもない恰好をしているのも「ここでは馬賊上がりの〝一旗組《ひとはたぐみ》〟に扮《ふん》するのが一番目立たないのです」という話だった。

逆に、中国側、もしくは仏印、英米側のスパイであれば、雑多な人々の中に容易に溶け込み、様々な偽装をすることが可能だ……。

「土地の者たちも油断はできません。確証はありませんが、高林さん、いまあなたと毎日顔を合わせている者の中にも、敵のスパイが紛れ込んでいる可能性があります」

「まさか？」

高林は半信半疑の思いで、反射的に永瀬に顔を向けた。

「あの事件以来、私だってずいぶん気をつけているんだ。毎日顔を合わせている者の中に敵のスパイが紛れ込んでいる？　いくらなんでも、そんなことはありえない」

「たとえば、そう……」

と永瀬はちょっと眉を寄せ、思い出すように言った。

「ガオという男をご存じですね？」

「ガオ？　まさか？」

高林は浅黒い色の若い男の顔を脳裏に思い浮かべ、呆気に取られて目を瞬いた。

地元の商人であるガオは、毎日視察団本部に出入りして、日用品を手配してくれている。会えばいつもにこにこと陽気な笑顔を向け、挨拶を交わす、気の良い男だ。

あのガオが、敵のスパイだというのか？

だが、本部に出入りさせる者はすべて、事前に徹底的に経歴を調べ上げるはずだ。

高林は偶然、ガオの調査表を見たことがあった。それによると、ガオはもう何年もこの土地で商売をしており、周囲の人々からの信用も厚かった。動力付きの船に商品を積んで川を上下して商売をしている。華僑とタイ人の混血。なるほどガオは何人《なにじん》にも見え、何人にも見えない。だが、彼が怪しいと言うのであれば誰だって怪しいことになる。

「いくらなんでも、あのガオが敵方のスパイだなんて……」

「まだ、確証はありません」

永瀬は首を振って言った。

「ですが、調べたところ、ガオは仏印側の司令本部に密かに出入りしています。しかもその都度、司令官の自室に招き入れられているようなのです。商売のためだけとは思えません。問題は、彼がどの程度の任務を帯びているかですが……」

永瀬の言葉が、ひどく遠くに聞こえた。

――あのガオが、仏印側のスパイだった？

自分が見ている世界の、すべてが疑わしく思えてきた。

6

翌日もハノイは朝から抜けるような青空だった。

高林は本部への出勤途中、いつものように仏印郵便電信局に立ち寄った。

「アロー」

すっかり顔なじみになったフランス人の通信係に声をかける。

頭の禿《は》げた、小柄な、ずんぐりとした体型の男が、面倒くさそうに顔を上げた。レイモンド。確か、そんな名前だったはずだ。腫《は》れぼったい目をしているところを見ると、昨夜も飲み過ぎたのだろう。高林は以前に何度か、夜の街でレイモンドがへべれけになるまで飲んでいるのを見かけたことがあった。

「東京から電文《エス・ク・セ・ル・テレグラム・ドゥ・トーキョー》は？」

尋ねると、レイモンドは無言のまま机の鍵を開け、何通かの電文をカウンターの上に放り出した。

「メルシ」

高林が礼を言っても、相手は唇を軽くへの字に曲げただけだ。

最初の頃、高林は、レイモンドがいつもむっつりしているのは、本国フランスがドイツに負けたため、あるいは日本に対する反感からではないかと疑っていた。が、どうやらフランス人の仕事中の機嫌は、一般的に、大抵こんなものらしい。

受け取った暗号電文にざっと目を走らせる。

緊急電報の印は見当たらない。通常の定期連絡ばかりだ。

高林は、暗号電報をアタッシェケースに入れ、鍵を確認してから、表に出た。

頭上からは痛いほどの陽光が降りそそいでいる。スコールの時はこの青空が俄《にわか》に真っ黒な雲に覆われる。そうして毎日三十分から一時間、滝のような激しい雨が降ったかと思うと、また嘘のように晴れ上がるのだ。スコールの時間は、ほとんど正確に一時間ずつ繰り上がる。今日、午後三時に降ったのならば、明日は午後二時から降り出すといった具合だ。このタイミングさえ覚えてしまえば、ずぶ濡《ぬ》れになる心配はほとんどなかった。

東京の参謀本部から仏印郵便電信局宛に届く暗号電文を受け取り、本部に届けるのも、高林の仕事のうちだった。通信士というよりはまるで郵便配達人だが、といって、まさか仏印側の人間に暗号電文を届けてもらうわけにもいかないので、自然と高林が日に何度か往復することになる。

本部に着くとすぐに本部の一室に籠《こ》もり、東京からの暗号電文を解読。平文に直したものを、土屋少将のもとへ届けた。代わりに何通かの平文を受け取って、逆の手順——暗号用の辞書、乱数表——で暗号化する。緊急電報でなければ、ある程度たまったところで仏印郵便電信局に持って行き、仏印側の設備を借りて、まとめて打電する……。

仏印に赴任して以来、すっかり日常となった仕事である。

小耳に挟んだ噂によれば、北支満蒙では今この瞬間にも激しく砲弾が飛び交っていて、通信士として徴用された同僚の死者の数はさらに増えているらしい。ここ仏印では戦闘らしいものは何も行われず、一見平和なものだ。今のところ、視察団の中から死者が出るような事態も起きてはいない。

明るい仏印の光の中では、コンチネンタル・ホテルのバーで永瀬から聞かされた謀略蠢く裏の世界など、とても信じられそうにはなかった。だが——。

本部の廊下の角で、出合い頭、若い男にぶつかりそうになって、高林は自分の顔がさっと強《こわ》ばるのを感じた。

出入りの商人のガオ。

あの日から、高林はガオを避けるようになっていた。

遠くに姿が見えると、自分の城である本部の一室にさっと潜り込み、それができない場合は顔を逸らすようにしていたのだ。

「こんにちは《シン・チャオ》」

ガオがいつものように浅黒い顔に柔らかな笑みを浮かべて挨拶した。高林は、ぎこちなく笑みを返しただけだった。


数日後——。

仕事を終えた高林は、いつものように定時に視察団本部を後にした。

大通りに出たところで、足を止めた。

このままイエンが待つレ・ロイ通りの家にまっすぐ帰ってもよし。また、いつものダンスホールに遊びに行っても、あるいは湖の辺《ほとり》に新しく出来たというレストランの味見に出かけてもよかった。

終業の六時とはいえ、南国ハノイでは、まだ充分に明るい時間だ。

少し散歩をする間に良い考えも浮かぶだろうと思い、高林はとりあえず市街へと足を向けた。

南の土地では大抵どこでもそうだが、ハノイの街もまた夕方から賑《にぎ》わいはじめる。日が西に傾き、日中の暑さが和らぐと、人々はようやく戸外に出て活動をはじめるのだ。

家の前の歩道にテーブルや椅子を持ち出し、古びたカードやチェス盤を前にして、とりとめもない話に興じる男たち。その側では、日本の七輪に似た器具を使って、女たちが夕飯の支度をしている。壁を背にして座り、ぶつぶつと何事か口の中で呟く年老いた占い師。道端に店を広げた散髪屋が、木立の下で客の髪を刈っている……。

高林は、地元ベトナムの人たちが営む、こうした生活の匂いが嫌いではなかった。生まれ育った高知にもどこか似た雰囲気がある。地元の人たちもまた、彼らの中に入り込んできた高林に対してちらりと目を向けるだけで、よそ者扱いを受けることもなかった。

落ち着いた気分で散歩を楽しんでいた高林は、ふと、背筋に妙な気配を感じて足を止めた。

――誰かに見られている。

そんな気がした。慎重に辺りを見回したが、視線を向ける者の姿は見当たらなかった。

――気のせいか……。

苦笑した高林は、だが、次の瞬間、ぎょっとなった。

大きなプラタナスの木の下で、散髪屋が道に背を向けて客の髪を刈っている。枝から鏡の破片が紐《ひも》でぶら下げられ、そよ風に揺らいでいるのだが、その鏡に映った客の男と一瞬目が合ったような気がしたのだ。

風に鏡が揺れて、男の顔がはっきりと見えた。

ガオだ。

地元で商売をしているガオが、この場所で髪を刈ってもらっているのは、別段不思議ではない。だが、ガオは髪を切る店の男と何事か陽気に言葉を交わしながら、射貫《いぬ》くような鋭い眼差《まなざ》しで鏡に映った高林をじっと見据えていた。

高林は背筋に冷たい汗が流れるのを感じた。

気がつくと、ガオが散髪を終え、今にも椅子から立ち上がりそうな気配だった。

慌てて踵《きびす》を返し、足早にその場を離れた。

ガオのあの眼差しから逃げ出さなければならない――そう思った。

永瀬は「ガオが敵方のスパイかもしれない」と言った。実を言えば、今この瞬間までは半信半疑だったのだが、もはや間違いあるまい。鏡の中で高林を見据えていたあの眼差しは、どう考えても尋常なものではなかった。ガオは、やはり敵方のスパイなのだ。いや、もしかするとあの夜高林を襲った男も、本当はガオだったのかもしれない……。

そんなことを考えながら歩くうち、不意にあることに気がついて、ハッと足を止めた。

さっきから、同じ足音が背後に聞こえていた。

ハノイは石畳の街だ。至るところフランス人の好みに合わせて敷き詰められた石畳の上を、革靴で歩き回れば必ず足音がする。高林は、通信士という職業柄、音に敏感だった。石畳の上を歩く時、人の足音は、靴の種類や、歩き方に応じて独特の波長を持つ。普段モールス信号を聞き慣れた高林の耳は、靴音が持つ特徴をよく聞き分けた。

その耳が、高林に告げていた。

尾行者が今、背後に立ち止まっている、と。

高林は総毛立った。

振り返る勇気は、何としても出なかった。

歩きだすと、再び背後で足音が聞こえはじめた。

何とかして足音を振り切ろうと、さらに足を速めた。背後の足音のピッチが速くなる。駄目。距離は変わらない。角を曲がる。もう一つ。だが、駄目だ。どうしても振り切ることができない。

背後の足音に神経を集中させながら、夕暮れのハノイの街を彷徨《さまよ》った。

どこをどう歩いたのか、はっきりとは覚えていなかった。

気がつくと、人気の無い袋小路に追い込まれていた。

——なんてことだ……。

高林は目の前に立《た》ち塞《ふさ》がるつるりとした高い石壁に手をつき、額の汗を拭《ぬぐ》って、ようやく気がついた。

尾行者を振り切ろうとして、自分で歩き回っているつもりだったが、実際には尾行者の方が高林をこの場所に追い込んでいたのだ。

袋小路の入り口に、足音がゆっくりと近づいてくる。

止まった。

高林はごくりと一つ唾《つば》を飲み込み、あらんかぎりの勇気を振り絞って、背後を振り返った。袋小路の入り口。逆光の中、黒い影が立っている。

「……ガオ……ガオだな？　私に何の用だ？」

喘《あえ》ぐように尋ねると、黒い影が一瞬にやりと笑ったような気がした。それから——。

かき消すように見えなくなった。

高林はしばらく呆気に取られ、茫然《ぼうぜん》としてその場に立ち尽くしていた。

——助かった……のか？

恐る恐る袋小路を歩み出た。

左右を見回したが、石畳の道がどこまでも続いているだけで、動くものは猫の子一匹見当たらなかった。

——どうなっている？　何がどうなった？　奴はどこに消えたんだ……？

高林はひどく混乱し、だが同時にこの瞬間、猛烈な勢いで頭が回転しているのが自分でも分かった。

倉庫が建ち並ぶこの場所は、道の右も左も高い塀が続いている。どちらに行ったとしても、足音を聞き逃したはずはない。ならば、どこかに姿を隠したのか？　しかし、いったいなんのために……？

えっ？

奇妙な既視感があった。

最近、これと同じ状況があった。いや、全く同じというわけではない。だが、あの時も確か……。

不意に、恐ろしい考えが頭に浮かんだ。

次の瞬間、高林は石畳の道を脇目も振らず、全速力で駆け出していた。

7

詐欺団一味は、取り引き現場に現れたところを、待ち構えていた日仏合同の憲兵部隊によって一網打尽に逮捕された。

彼らは日本の大手商社の名を騙《かた》り、仏印国境に滞留している大量の援蒋物資を騙《だま》し取ろうとしていたのである。

一味の首謀者は、永瀬則之。

上海で長く日本の軍人や欧米人相手に女衒《ぜげん》まがいの仕事をしていた永瀬は、神楽坂《かぐらざか》の料亭で芸者をしている妹から仏印の援蒋物資の情報を聞きつけ、一攫千金《いっかく》を狙って仏印に渡ってきたらしい。

英米諸国が蒋介石政権支援のために送ろうとした所謂「援蒋物資」は、現在、日本の要請により鉄道レールが外され、仏印・中国の国境近くで大量に留め置かれたままになっている。物資内容は、大量のガソリンをはじめ、トラックやその他の運搬車両、携帯食料など。戦局が拡大している今日、その価値は莫大である。

永瀬の目論《もくろ》みがもし成功していたならば、彼らは優に億を超える資産を手に入れていたはずだ。

「どうやら、参謀本部に出入りする陸軍将校の一人が、芸者との寝物語に援蒋物資の取り扱いについて情報を漏らしたらしい。まったく、馬鹿なことをしてくれたものだ」

土屋少将は、一瞬苦虫を噛み潰したような顔になり、いまいましげに舌打ちをして言った。

デスクの前に直立した高林は、しかし、頷くことはおろか、土屋少将に視線を向けることさえできなかった。

処分待ち。

それが高林の現在の立場なのだ。なぜなら——。

永瀬が思いついた詐欺の手口は、実に驚くべきものであった。永瀬は参謀本部発を装い、仏印視察団に対して〃援蔣物資を引き渡すよう〃指示を出すことで、白昼堂々と譲り受けようとしたのだ。

そのために必要な作業は、ただ一つ。

偽の暗号電文の作成だけだ。

なるほど日本陸軍の暗号は〃解読不可能〃と言われている。だが、絶対に解読不可能な暗号など、この世には存在しない。億を超える資産を手に入れるためなら、試みる価値は充分にある——。

そう考えた永瀬が最初に目を付けたのは、仏印滞在中のフランス人の間に見られる道徳規範の著しい低下であった。彼らの中には、本国フランスがナチス・ドイツの電撃作戦の前に降伏し、あまつさえ首都パリがドイツ人の軍靴に踏み荒らされるという屈辱的な状況を受け入れられない者が少なからずいた。これまで仏印社会において、フランス人が他を見下す態度は一種異様なほどであった。そのプライドが一転無残に打ち砕かれた。反動は大きい。仏印のフランス人の中に心理的に自暴自棄になっている者がいる。そのことを、上海で長く欧米人相手に危ない商売をしてきた永瀬の目は冷静に見抜いていたのだ。

　永瀬はまず、仏印郵便電信局で通信士をしているレイモンドに近づいた。高林に対してそうであったように、永瀬には一種の才能がある。有り体に言えば、おそろしく口がうまい。しかも天性の語学の才もあり、相手が何人であろうと、その気になれば簡単に自分を信用させることができた。永瀬は夜の街で酒に溺《おぼ》れるフランス人通信士に近づき、彼のプライドをくすぐることで、まんまと一味に引き入れた。レイモンドは、日本の視察団が仏印側の施設を使って暗号を打電する際、密かに写しをとって永瀬に見せるようになった。

　だが、結論から言えば、この試みはうまくいかなかった。

　暗号電文を盗み読むだけではやはり、日本陸軍の複雑な暗号には歯が立たなかったのだ。偽の暗号電文を作成するためには、日本語で書かれた通信文と突き合わせることが不可欠だった。

　永瀬はただちに次の手を打った。それが――。

「貴様もつくづく可哀想な奴だな」

　土屋少将は高林を眺め、細い銀縁の丸眼鏡の奥で軽く目を細めて言った。

「惚《ほ》れた女に、まんまと騙されていたのだとはな……」

　残酷な言葉が、高林の胸にまっすぐに突き刺さる。

イエン。

あの春の燕のように可憐《かれん》で従順なイエンが、逮捕された詐欺一味の中にいた。

イエンは、本当は高林のことなど少しも想《おも》ってはいなかったのだ。彼女は永瀬に夢中だった。永瀬に命じられて、ダンスホールで自分から高林に近づき、一緒に暮らしていたのである。

目的は、高林が身につけているかもしれない日本語の通信文。ただそれだけのために、イエンは好きでもない高林に身を任せていたのだ。永瀬がそうするよう命じたから。

おそらくイエンは、連日、高林が留守の間に彼の持ち物を探っていたのだろう。だが、高林は規則通り、ただの一度も通信電文を家に持ち帰ることがなかった。

このままでは暗号解読は不可能だ。こうしている間にも、本物の日本の大手商社が──利権を嗅《か》ぎ付けるのに聡い彼らのことだ、裏で軍部と話をつけ、援蔣物資を攫《さら》ってしまうかもしれない。

焦った永瀬は、ついに自ら姿を現し、高林に接触することにした。

それが、あの夜の暴漢騒ぎの正体だった。暴漢に襲われたところを助ける。そうして信用を勝ち得ると、そのうえで軍の秘密機関の人間を装い、高林を巻き込むことで、極秘の電文作成をさせるよう仕向けたのだ。

日本語の通信文が手に入らないのなら、逆に自分で作った日本語を暗号化させれば良い。二つを突き合わせれば、どんな暗号も解読可能だ。いや、この場合は何も、暗号を解読する必要はなかった。ただ単に、援蔣物資の引き渡しを命じる、偽の暗号電文に用いる文言が手に入ればいいだけだ。

永瀬はまず、偽の暗号電文に必要な幾つかの単語を、一読して意味の通らない、何本かの通信文に分けて埋め込んだ。そのうえで、極秘任務を装い、わざわざ新聞交換という秘密めかした方法を使って通信文を高林に渡し、これを暗号化させた。

高林が打電した暗号電文は、レイモンド経由で手に入る。となれば、元の日本語がわかっているのだ、対応する暗号文言は容易に推測がつく……。

もちろん、この偽装工作の間、電文の受け手である東京の参謀本部に怪しまれたのでは元も子もない。そこで永瀬は、高林に対して〝必ず通信終了の合図の後に極秘電報を打つよう〟くどいほど念を押した。高林が「通信終了」を打電すると同時に、レイモンドが机の下に手を伸ばし、電源を切ることで、通信回線を遮断する手筈になっていたのだ。

こうして何度かに分けて手に入れた暗号を使って、永瀬は陸軍参謀本部発を装った偽の暗号電文を作成。それを、レイモンドが本物の暗号電文に交ぜて高林に手渡した。何も知らない高林は、通常の手配通りに暗号電文を「解読」し、土屋少将のもとに届けた――。

それが、今日だったのだ。

正体不明の尾行者が消えた後、高林は全速力で本部に駆け戻った。

謎の尾行者は、足音を一切立てずに姿を消した。なぜそんなことになったのか、理由を考えていた高林は、不意にあることに思い当たった。

そう言えば、あの時も同じだった。

暴漢に襲われたあの夜、高林は自分を襲った相手が走り去る足音は確かに聞いた。だが、「慌てて駆けつけた」という永瀬が駆け寄る足音は一切耳にしていない。

紅河河岸のあの道は、左右を川と倉庫の壁に挟まれ、前後に石畳の道が続く場所だった。あの夜に限らず、永瀬はいつも一分のすきもない身なりで、足下にはぴかぴかに磨き上げた革靴を履いていた。もし永瀬が本当に「慌てて駆けつけた」のなら、裸足か、ゴム底靴でも履いていない限り、通信士としての高林の耳が足音を聞き逃したはずはない。

つまり、永瀬は予《あらかじ》めどこか近くの場所に身を潜めていて、高林が襲われるところを眺めていたことになる。そして、頃合いを見ておもむろに姿を現し、倒れている高林に近寄った――。

そうとしか考えられなかった。

だが、なぜ永瀬はそんな行動を取る必要があったのか？

そう考えた時、高林は恐ろしい考えに思い当たった。

永瀬は偽物なのではないか？　もし彼の言葉がすべて嘘だったのだとしたら……。

気がついた時には全速力で駆け出していた。それから高林は一度も休むことなく南国ハノイの街を駆け続け、本部に着いた頃には、頭から湯を浴びたように全身汗だくで、ぜいぜいと息を切らせている有り様だった。高林はそのまま土屋少将に「緊急事態なので、すぐに面会したい」との旨を申し入れ、話を聞いた土屋少将は、さすがに顔色こそ変えなかったものの、緊張に体が強《こわ》ばるのが見てとれた。

土屋少将は話を聞き終えると、高林に「別室待機。処分は追って伝える」と短く伝えたきり、直ちに席を立って、どこかに姿を消した。

そして、三時間後――。

呼び出しを受けた高林は、永瀬を首謀者とする詐欺団一味が、高林が申告した通り、偽の暗号電文で自ら指示した場所に現れ、日本の大手商社の人間を装って援蔣物資の引き渡しを要求したことを聞かされたのだ。

永瀬の偽装は完璧といってよかった。書類も揃っていたため、物資を管理している現場の兵隊たちだけであれば、そのまま彼らの要求に従っていたところだ。だが、詐欺団一味が物資に手をかけた瞬間、待ち構えていた日仏合同の憲兵隊が一網打尽に彼らを逮捕した。逮捕した一味の中には、仏印側の通信士であるレイモンドや、さらには高林と一緒に住んでいるイエンという若い女が含まれていた……。

その経緯を、土屋少将は、高林に対して、なぜかひどく陽気な口調で話して聞かせたのだ。

土屋少将の言葉がこの後どう転がるか、高林には見当もつかなかった。

——処分は追って伝える。

三時間前、高林はそう言われた。

知らなかったとはいえ、偽の暗号電文を解読し、土屋少将に届けた罪は軽くあるまい。否、それ以前に、高林は永瀬にまんまと騙され、何度か命令以外の暗号電文を作成し——結果的に届かなかったにせよ——東京の参謀本部宛に打電しているのだ。

どんな処分を言い渡されても、文句の言える筋合いではなかった。

「命令外の暗号を作成し、打電した貴様の行為は、本来なら厳罰に値する」

土屋少将は真面目な顔になり、厳しい口調でそう言った。それから一呼吸置いて、軽く咳《せき》払いをして言葉を続けた。

「但し、軍の物資を横取りしようとする不届き者の企《たくら》みに気づき、事前に通報した功績は認めなければならん。貴様の通報のお陰で、連中を一網打尽にすることができた。よって両件は相殺。不問に付す」

予想外の処分に、高林は唖然とした。

土屋少将は、そのまま低い声で続けた。

「その代わり、この件は一切他言無用だ。偽の暗号電文などはじめから存在しなかった。いいな。特に海軍の奴らには絶対に知られるな」

――そういうことか……。

高林はようやく事態を理解した。

今回の一件は、仏印視察団の中心となる陸軍が自らの暗号を過信し、通信装置を持ってこなかったことが原因なのだ。海軍は自前の通信装置を持参している。彼らの装置を借りれば、こんな事態にはならなかった。もちろん現実には、陸軍と海軍の間の長年にわたる確執がある。陸軍側が頭を下げることなどあり得ない。視察団に同行している海軍の連中の手前、この件は絶対に公にできない。

それが土屋少将の判断なのだ。それにしても――。

高林は一点疑問を感じて首を傾げた。

確かに今回の件は、永瀬たちの企みを事前に察知し、物資を騙し取られる前に逮捕できたからこそ〝なかったこと〟にもできる。しかし、高林が通報したのはわずか三時間前だ。日仏合同の憲兵隊を組織し、派遣したというのは、いくらなんでも手回しが良すぎるのではないか？

高林が報告を上げる遥《はる》か以前に、すでに手配が済んでいたとしか考えられなかった。

いったい誰が……？

脳裏にふと、閃《ひらめ》いた文字があった。

「D機関というのは……？」

考える前に口にしていた。

永瀬の妹が馴染《なじ》みの陸軍の高級将校から寝物語に聞き出したのは、援蔣物資の取り扱いについてだけだったのだろうか？

あの時――。

〝D機関〟と書かれたメモを指先で燃やす永瀬の横顔には、他のいかなる瞬間にもまして、一種奇妙なまでの自信に満ちた表情が見て取れた。

D機関なる極秘諜報機関が陸軍内に実際に存在しているのではないか？

もしそうなら、万が一永瀬たちの行為に不審を抱く者があった場合も、陸軍上層部の中でもごく一部の者たちにしかその存在を知られていない組織なのだ、彼らが現在どんな作戦に従事しているのか、確認を取るまでに時間がかかる。その間に物資の横取りを完了すれば良い。それが永瀬の計画だったのだとしたら……。

想像は、まるで根拠のないものではなかった。

足音もなく姿を消した正体不明の尾行者。彼のおかげで高林は永瀬の正体を疑うことになったわけだが、そもそもあれは何者だったのか？　逆光の中、ちらりと垣間《かいま》見たシルエットは、本部に出入りしている地元の若い商人――ガオのように見えた。ガオこそが本物のD機関の一員だったのだとしたら？

永瀬は「スパイは目立つ存在であってはならない」と言った。そして「ここでは馬賊上がりの〝一旗組《ひとはたぐみ》〟に扮するのが一番目立たないのです」と。

だが、それを言うなら、華僑とタイ人の混血を自称し、商人としてすっかり地元の者たちに溶け込んでいるガオこそが目立たない存在と言えるのではないか？

ガオは早くから永瀬たちの企みに気づいていた。本当は彼の指示で、合同の憲兵隊が事前に組織されていたのではないか？

〝見えない存在〟であるべきスパイが表に出ることはできない。

一方で、実際に憲兵隊を動かすためには「誰かの報告」という口実が必要だった。高林はそのために使われたのではないか？　通報者として使うために、彼は永瀬が高林に接触した状況を調べ上げ、その矛盾に高林が自分で気づくよう仕向けた。それがあの奇妙な尾行の顚末《てんまつ》だったのだとしたら……？

「……忘れろ」

土屋少将は不意にデスクから身を乗り出し、高林に顔を寄せると、これまでとは打って変わった低い、押し殺した声で言った。

「D機関などというものは存在しない。そんな言葉を、貴様がどこで聞いたのか知らないが、この部屋を出るまでに忘れるんだ。いいな」

戸惑っていると、土屋少将は体を引き、椅子の背にもたれた。そして、急に砕けた調子で、ニヤリと笑いかけた。

「しかしまあ、考えようによっては良かったじゃないか」

「……良かった、ですか?」

「ここだけの話だが、我々はもうじき引き揚げることになる。その時になって女に金をせびられたり、あるいはもっと面倒なことになっていたかもしれんのだぞ。どのみち貴様も、あの女を日本にまで連れて帰るつもりなどなかったのだろう?」

「それは……」

高林は言葉に詰まった。

イエンにはたしかに惚れていた。だが、日本に連れて帰るつもりがあったかと言われれば……。

高林は自分でも思ってもいなかった胸の内を、ひやりとした冷たい手で触られた気がした。

＊

二週間後。ハノイ在住の日本人は総引き揚げを命じられる。
入れ替わるように、日本軍が北部インドシナに侵攻した。

柩

1

「ハ、ハイル、ヒ、ヒトラー!」

男は部屋に入るなり、右手を高々と上げ、体を硬直させて、踵《かかと》を打ち合わせた。声が震え、緊張のために顔が真っ青だ。どもりながらにせよ、よく最後まで言えたものだ。

軍帽の陰で苦笑したヘルマン・ヴォルフ大佐は、つば越しに改めて男に目を向けた。ひしゃげた鼻をした赤ら顔の中年男。恐怖のために指先が小刻みに震えている。おどおどとよく動く茶色の瞳《ひとみ》には、偽装の気配などまるで感じられなかった。

——期待外れだ。こいつではない。

すぐにそう判断した。

頭の中に思い描いていたのは、こんな奴ではなかった。この程度の男が、今日のナチス政権下のドイツで、幾重にも張り巡らされた監視の目をかいくぐって〝スパイ〟など務まるわけがない。

ヴォルフ大佐は微《かす》かに顔をしかめ、男が入って来るまで指先で弄《もてあそ》んでいたマッチ箱に再び意識を向けた。

——ならば、なぜこんな物を持っていた？

いずれにしても詳しく事情を訊《き》く必要があった。返事の如何《いかん》によっては——。

顔を上げ、男に正面から向き合った。

軍帽の陰から異様な代物が現れ出た。右目を覆う黒い眼帯。片方の目は、二十二年前、任務中に失った。だが——。

片目で充分だった。

鋼鉄を思わせるその冷ややかな灰色の眼に射竦《いすく》められて、男は今度こそ全身ががたがたと震え出した。

2

——ひどい事故だった。

ベルリン郊外で列車同士が正面衝突。四十八人が死亡、百二十人を超える負傷者を出す大惨事となった。

事故発生当時、偶々《たまたま》近隣で訓練中だったヒトラー青年団《ユーゲント》の一隊が事故現場に急行、負傷者の救助に当たった。と同時に彼らは、現場周辺をうろついていた多くの不審者を拘束。その後現場に到着した国防軍に引き渡した。

折しも、総統《フューラー》を狙う暗殺計画がまた一件露見したばかりであった。今回の列車事故も、ナチス政権に反対する〝不良分子〟、ことに労働者の間に密《ひそ》かに紛れ込んだ共産主義者《コミュニスト》によるテロ行為の可能性が疑われた。

ヒトラー・ユーゲント。

ドイツの未来を担う十歳から十八歳の若者たちだ。彼らの手で拘束された何人かの不審者は、直ちにベルリン市内にある国防軍情報部《アプヴェーア》に連行された。

所持品検査と厳しい尋問。拘束された者たちは、だが、全員が口を揃えたように〝自分は事故とは何の関係もない〟と強く主張した。

実際、調べてみると、彼らは皆、近隣に住む者が凄《すさ》まじい衝突音を耳にして様子を見に来た、あるいは事故発生の一報を聞きつけて何も考えずに駆けつけただけの、単なる〝やじ馬〟に過ぎないことが判明した。悲惨な現場の有り様に恐れをなし、一方で鵜《う》の目鷹《たか》の目で不審者を探している青年団の様子に気づいて、こそこそと立ち去ろうとしたところを、逆に怪しまれて捕まったものらしい。

そんな中、対外防諜《ぼうちょう》活動を担当する情報部第三課課長ヘルマン・ヴォルフ大佐が、尋問中の一人の男に興味を示した。

マジックミラー越しに行われる尋問の様子を確認したヴォルフ大佐は、男の所持品リストにちらりと目をやり、徹底的な再検査を行うよう命じた。

結果は、すぐに判明した。

男がポケットに持っていたマッチの軸頭から、通常存在するはずのないキニーネ成分が検出されたのだ。

このマッチを使って文字を書けば、一見何も書かれていないように見えながら、ある種の化学薬品を塗布することで独特の緑色の線となって浮かび上がる。

秘密筆記具。

言うまでもなく、スパイ特有の持ち物だ。荀《いやしく》も情報部第三課の人間であれば、そこまではわかる。

だが、ヴォルフ大佐はなぜこの男――オットー・フランクに目をつけたのか？

マジックミラー越しでは声は聞こえない。つまりヴォルフ大佐は一目見て、彼が怪しいと見抜いたことになる。しかもその時点で、わざわざ「マッチの軸頭を詳しく調べるよう」指示を出しているのだ。

――ヴォルフ大佐の鼻は、マジックミラー越しにでもキツネの匂いを嗅《か》ぎつける。

部下たちが、いつものように思わせ振りな目配せを交わすのは気づいていたが、ヴォルフ大佐は皮肉な形に唇を歪《ゆが》めただけだった。なぜなら――。

少し頭を働かせればわかる話なのだ。

所持品リストには〝マッチ一箱〟とタイプされていたにもかかわらず、パイプも巻き煙草も見当たらなかった。念の為マジックミラー越しに確認すると、尋問中の男の人差し指と中指は右も左も奇麗なものだ。煙草吸いなら、あんな奇麗な指をしているはずがない。つまり男は、煙草を吸わないのにマッチを持っていたことになる。何に使うのか、疑って当然だろう。

尤《もっと》も、馬鹿どもにわざわざ理由を教えてやるつもりはなかった。頭の使い方は自分で覚えるものだ。そのためにどんな痛い目に遭ったとしても……。

ヴォルフ大佐は一瞬頭に浮かびかけた嫌な記憶を、首を振って追い払った。

手を伸ばして、インターフォンのボタンを押した。

──オットー・フランクを連れてこい。

低い声でそう命じた。

3

蛇に睨《にら》まれた蛙。

ヴォルフ大佐の前に引き出された中年男が、まさにその状態であった。

質問が発せられる度に、禿《は》げあがった広い額からどっと汗がふき出し、赤ら顔には
いっそうの朱が注がれる。どもりながら答えるのが精一杯の様子だ。

「そ、そのマッチは……ひ、拾ったのであります」

「どこで」

「じ、事故現場の、ち、近くであります」

「マッチだけか」

「は、はい。マ、マッチだけであります」

「嘘をつくな！」

ヴォルフ大佐が不意に鋭く極《き》めつけた。

「貴様の所持品には財布が二つあった。貴様は、事故現場の混乱に乗じてこそ泥を働
いた。だから現場からこそこそと逃げ出そうとしていたんだ」

「い、いいえ。け、決して私は、そ、そのような……」

「財布の一つは、貴様に相応《ふさわ》しくくたびれたものだ。中には小銭しか入っていない。

問題はもう一つの方だ」

ヴォルフ大佐はもはや相手の言葉を無視して先を続けた。

「貴様が持つには不似合いな高価な革の財布だ。まだ真新しい。イニシャルの刻印な
し。中には高額紙幣が数枚。持ち主を示すものは一切入っていない――。さあ言え。

貴様、この財布を誰から盗んだ。この財布を持っていたのは何者だ」

畳みかけられて、男は真っ青になった。唇をあわあわと動かすだけで声にならない。

ヴォルフ大佐は、扉の脇に控えていた制服姿の部下二人に向かって冷ややかな声で命じた。

「こいつを連れて行け。同胞から平気で盗みを働く腐った性根をたたき直してやるんだ。少し痛い目に遭えば、あれこれ思い出すだろう」

両側から腕を取られたところで、男はハッと我に返った様子で声を上げた。

「待って下さい！　思い出しました。本当のことを言います。どうか……」

ヴォルフ大佐は軽く手を上げ、部下たちにそのまま待つよう指示した。男は額に汗をびっしょりと浮かべ、懇願するような口調で続けた。

「おっしゃるとおりです。すみません、すみません、私は盗みました。ですが……いいえ、違います。誓って同胞ドイツ人から盗んだんじゃありません。冗談じゃない、どんなことがあっても同胞相手に盗みなど働くものですか。私が盗んだ相手は外国人――それも黄色いアジア人からです。それに、そう、彼は既に死んでいました。死者にはもう財布など必要はない。そうじゃありませんか……」

「名前は？」

「はっ？」

「貴様が盗んだ相手の名前だ。財布にはそいつの名刺が入っていたはずだ」

「あっ、そう言えば……」

男は目を瞬《しばたた》かせた。

「し、しかし、名前がわかるものは、その場ですぐに捨てたものですから……」

ヴォルフ大佐が小さく顎《あご》をしゃくると、男の両腕にかかった部下たちの手に力が入った。

「ちょ、ちょっと！　いま、思い出します、すぐに思い出しますから……」

男は眉《まゆ》を寄せ、懸命に考える様子であった。と急に何か思い当たったらしく、顔を上げた。

「そうだ、名前のどちらかが〝M〟で始まっていました……確か、マキ、とかなんとか……」

それまで無言で部屋の隅に控えていた秘書ヨハン・バウアーが、乗客リストに素早く目を走らせた。立ち上がり、ヴォルフ大佐にリストの一行を指し示した。

「条件に該当する者は、この一名だけです」

カツヒコ・マキ。日本人。

タイプ打ちされたリストの欄外に「死亡」と手書きの文字が添えられてある。

ヴォルフ大佐はリストを一瞥《いちべつ》し、すぐに立ち上がった。

「行くぞ」

言って、部屋の脇にある別扉から出て行こうとしたところ、部下の一人が小走りに部屋を横切ってきた。耳元で、小声で質問された。

「奴はどうしますか？」

ヴォルフ大佐は足を止め、肩越しに背後を振り返った。オットー・フランクが、腕を取られたまま、すがるような眼差《まなざ》しでこちらを窺《うかが》っている。

実を言えば、事故現場で拘束された不審者の扱いについては、管轄を主張する国家秘密警察《ゲシユタポ》と国防軍情報部《アプヴェーア》の間で、若干の綱引きがあった。どちらが尋問を担当するか決まらないまま、結局、先に現場に到着した情報部が強引に不審者を引き上げた。今回の事故に、敵国スパイの関与が疑われたからだ。

が、その後の調査で、事故の直接の原因は信号機の故障にあることが判明した。配電盤の一部が劣化し、接触不良が発生。列車の進入を禁ずべき信号が正しく点灯しなかったらしい。

敵国のスパイによるテロ、あるいはサボタージュの可能性は一切確認できなかった。

国家を挙げて目の前の戦争に力を注いでいる今日《こんにち》、列車の運行管理といった日常の問題はどうしてもなおざりになる。今回の惨事は、その結果引き起こされた、謂《い》わば不幸な事故なのだ。だが——。

少なからぬ同胞の血が流された。その原因が神聖なる国家にあるべきではなかった。犠牲の山羊が必要だった。

火事場泥棒ならぬ、事故現場で泥棒を働くような奴は人間の屑《くず》だ。どのみち国家に役に立つ存在ではあるまい。ならば、この際、人柱となってもらうだけだ。

「ゲシュタポの連中に渡してやれ」

そう低く命じて、再び歩き出した。

ゲシュタポの連中なら、この男から国家に有利な自白を何とでも引き出すに違いない……。

最後にちらりと振り返ると、命令を受けた部下の一人が元の位置に駆け戻ったところだった。にやにやと笑いながら、犠牲者の耳元に何ごとか囁《ささや》くのが見えた。

秘書のヨハンが背後で扉を閉めた。

ぶ厚い扉ごしに、恐怖のために上げる男の絶叫が聞こえてきた。

4

ローゼン通り《シュトラーセ》三十二番地――。

それがパスポートに記載されていた真木《マキ》克彦《カツヒコ》の住所だった。

二十八歳、独身。同居人なし。

職業は美術商。登録は一年ほど前になっている。店舗登録は右住所に同じ。

それだけのことを秘書のヨハンに調べさせると、ヴォルフ大佐は部下を集め、真木の住居を急襲するよう命じた。

「家宅捜索と周辺住民への聞き込み。真木が日本のスパイだったという証拠を何としても見つけるんだ」

部下たちの間に一瞬戸惑ったような空気が流れた。

いつも氷のように冷静なヴォルフ大佐が、珍しく苛立《いらだ》っている。

部下たちはすぐに敬礼を返して、持ち場へと散っていった。

ベルリン郊外にあるローゼン通りは、道の両側に三階建ての建物が並ぶ典型的な住宅街だ。

突如、数台の車から軍服姿の男たちがばらばらと降り立ち、怯《おび》えた顔の大家が鍵《かぎ》を開けていると、近隣の家の閉じたカーテンの隙間から様子を窺う物見高い住民たちの顔がちらほら見えた。

ドアを開けると、すぐに二階と三階に通じる階段。

屋内に人の気配は一切感じられなかった。

登録通り〝一人暮らし〟で間違いないようだ。

ヴォルフ大佐の合図で、制服姿の男たちは無言のまま屋内に足を踏み入れ、慎重に捜索を開始した。

この家の住人が他国のスパイであるならば、留守宅には何らかの罠《わな》が仕掛けられている可能性が高い。たとえば、不用意に開けると爆発する危険な戸棚。解除操作をせずに部屋の明かりを点《つ》けると警報機が鳴り響く。あるいは録音機の中の記録がすべて消去される。ボタンを押す順番を間違えたせいでバラバラに壊れた秘密通信機が、後になって発見されたこともある。

どんな仕掛けが施されているかわからない。捜索は慎重の上にも慎重に行われなければならなかった。

しかし――。

三十分後、捜索を続ける部下たちの顔には、不審と失望の色が相半ばしていた。

家というやつは、意外なほど住人の個性を反映している。家の中に残された生活の痕跡《こんせき》を専門家の目で調べれば、そこにどんな人物が住んでいるのか、身長、体重、年齢から、容貌《ようぼう》や性格、日常のちょっとした癖、人間関係、生い立ちといったことまで、ほぼ正確に推測可能だ。

この家の主――真木は、几帳面《きちょうめん》な性格だったらしい。

商売上の記録はもとより、日本の友人知人との手紙のやりとり、公共機関からの通知書といったものがきちんとファイルされ、また日常的に使う品は、洗面用具や食料、着替えのシャツに至るまで、それぞれがあるべき場所に正確に収められている。

若い男の一人暮らしにしてはいささか整頓され過ぎている――と言えなくもない。

が、それだけだった。

家の中に残された生活の痕跡から浮かび上がる真木克彦の人物像は、第三課が調べ上げた彼の経歴と見事に合致するものだった。真木は日本のかなり裕福な家庭に育ち、高い教育を受けた。自立心が強く、実家からは勘当同然で家を飛び出し、美術を学ぶためにヨーロッパに渡る。その後、趣味が高じて美術関係の商売を自分で始めることになった……。

だが、真木がスパイ行為を働いていたという証拠は、家中どこを捜しても見つけることができなかった。

やがて、ヴォルフ大佐に命じられて近隣住民への聞き込みを行っていた者たちが、困惑の表情を浮かべて戻ってきた。

住民らの証言によれば、真木の外見は、中肉中背、これといって特に目立ったところのない若い男だったという。この界隈《かいわい》には裕福な外国人――〝名誉アーリア人〟と呼ばれる者たち――が少なからず住んでいる。日本人の真木もまた、その中の一人であった。

親しく近所付き合いをしていた者はいなかったが、話しかければいつも愛想のよい笑顔と、流暢《りゅうちょう》なドイツ語が返ってきた。

中には、真木が美術商だったと聞いて驚いた顔をする者もあった。が、何も店舗に美術品を並べて売るだけが美術商ではない。店を持たずに美術品の売買をやっている人間はヨーロッパには大勢いる。旅行に出ていることが多く、留守がちだったというのも、美術商という真木の職業を考えれば別段不思議ではなかった……。

――今度ばかりは、ヴォルフ大佐ご自慢の鼻が間違ったのではないか？

部下たちの間に、次第にそんな疑念が広がりはじめていた。

そこへドアが開き、頬を赤く上気させた金髪の若者が入ってきた。ヴォルフ大佐の若き秘書ヨハンだ。

「遅くなりました」

そう言って、ヴォルフ大佐に大判の紙封筒を差し出した。

封筒の中身は現像したばかりの数枚の写真だった。情報部所有の小型カメラを使い、ヨハンがベルリン病院で撮ってきたものだ。

被写体はいずれも、ベッドに仰向《あおむ》けに横たわる若者の姿。

胸元まで白いシーツが引き上げられ、血の気のない顔はシーツに劣らず青白い。

真木克彦。

列車事故で死亡した日本人の若者……いや、秘密筆記用の特殊なマッチを所持していた日本のスパイだ。

ヴォルフ大佐の冷ややかな灰色の眼が、射貫《いぬ》くような鋭さで次々に写真を繰っていく。

東洋人にしては彫りの深い端整な顔立ち。意外なことに顔は無傷だった。シャツの右襟がべったりと血で汚れ、鋭い刃物で切り裂かれたようになっている。が、それ以外は、恐ろしい事故に巻き込まれて死んだ者とは思えないほど、安らかな顔だ。

次の写真は右手のアップ。人差し指と中指の先に汚れが見える。煙草吸い。そう、この男ならマッチを持っていたとしても誰も不審に思わないだろう――。

「医者の話では、死因は、列車の折れた鉄枠が体を貫いたことによるショックと失血によるものだそうです。奇麗な顔をしているのは、即死だったせいでしょう」

「真木本人、で間違いないんだな？」

ヴォルフ大佐は、写真に目を落としたまま低い声で尋ねた。

「来る途中、写真を近所の者たちに見せて確認しました。真木に間違いないそうです。ただ……」

「何だ？」

眼を上げて、訊いた。

「その、何と言うか……妙な話なのですが……」

とヨハンは戸惑った表情で言い淀《よど》み、結局、背筋を伸ばし、ひどく生真面目な顔になって報告した。

「写真を見せた者の多くは、真木が意外に美男だったことに驚いていました。中には〝死んでからの方が存在感がある〟と言った者があるくらいです」

ヴォルフ大佐は一瞬鋭く隻眼を細め、すぐに質問を続けた。

「それで、遺体の引き取り手は？」

「真木の知り合いは、まだ一人も病院に顔を出していません」

ふん、とヴォルフ大佐は軽く鼻を鳴らし、顎を引いた。新しく判明した事実を頭の中で組み合わせる……。

「あの」

思考を中断し、無断で言葉を発した若い秘書をじろりと眺めた。

「あの」

もう一度言った。緊張のために顔が赤くなっている。

「何だ。言え」

ヨハンは背筋を伸ばし、思い切ったように言った。

「病院で真木の遺留品を調べましたが、怪しい物は何一つ発見できませんでした。私が思うに、この真木という男は、日本のスパイなどではなく、額面どおり単なる美術商だったのではないでしょうか。今日の捜索はこのくらいで打ち切りにされては……」

「続行だ」

「はっ？　いま何と……」

「真木は日本のスパイだ。間違いない」

「しかし……」

ヨハンは助けを求めるように、きょときょとと視線を左右に走らせた。

――どうやら他の連中から、代表して意見を伝えるよう、嫌な役目を押しつけられたらしい。

ヴォルフ大佐は無表情に顎をしゃくり、床の一角に鋭い視線を向けた。

視線の先。

開けたドアの陰に、一粒の小さな白い錠剤が落ちている。

ヨハンが腰をかがめ、手を伸ばして、指先で拾いあげた。

錠剤を掌《てのひら》に転がし、物問いたげな顔付きで振り返った。そのヨハンに向かって、やはり無言のまま、次に床の上にほうり出されている真木の手提げ鞄《ハストタッシュ》の中身を確認するよう促した。

さらに、事務机の引き出しの書類を見るよう指示する。書類に書かれているのは、何ということもない、通常の取り引き内容をメモしたものだ。だが——。

「触《さわ》ってみろ」

そう命じられたヨハンが、恐る恐るといった様子で書類の表面に指を走らせた。その指先が微かに白くなる。指先を鼻に近づけて、ヨハンは眉間《みけん》に皺《しわ》を寄せた。

「この匂い……タルカム・パウダーのようですが……?」

無言で頷《うなず》いてみせると、ヨハンはほっとしたように息を吐き出した。

「床に落ちていた白い錠剤は、どう見てもアスピリンですよね? どこの薬局でも売っている。手提げ鞄の中身は——シャツのカラーに髭剃《ひげそ》りセット、ネクタイ・ピン、それから……」

顔を上げ、首をすくめた。

「いずれも何ということはない、日常の品ばかりです。私の家にもある。これがスパイの証拠なら、私もスパイということになってしまいます」

――貴様がスパイだと？

ヴォルフ大佐は喉《のど》の奥で短く笑った。

目の前のものさえ見えていない者に、スパイなど絶対に不可能だ。

その事実は、敢《あ》えて口にする気にもならなかった。

なるほど見つかった物一つ一つを見れば、日常のありふれた品ばかりだ。そのために、秘書のヨハンをはじめ、〝キツネ狩り〟には慣れているはずの第三課の部下たちまでが欺かれた……。

鋭い視線で、もう一度周囲を見渡した。

この家の中は、神経質なまでにきちんと整頓《せいとん》されている。同じ人物が果たして、小さなアスピリン一錠とはいえ、床に転がっているのをそのままにしておくものだろうか？

恐らく真木は自分でアスピリンを床に置いたのだ。床に転がる小さな錠剤の位置によって、留守宅に密かに侵入した何者かの存在を確認するために。

手提げ鞄の場合も然《しか》り。中に入っていたのは細々とした日常の品ばかりだ。ネクタイ・ピン、シャツのカラー、髭剃りセット。それらの品は、しかし、ある一定のパターンで配置されることで、侵入者に対する警報装置となり得る。たとえばネクタイ・

ピンの上端をシャツのカラーの右端に正確に合わせておく。それだけのことで、何者かが鞄の中身を探った事実を知ることができる。

極《きわ》めつけが、書類の上に薄く振りかけてあったタルカム・パウダーだった。毒にも薬にもならない書類を引き出しに入れておき、その書類の上に目立たない色の粉を振りかける。侵入者の存在を暴き出すための、典型的な〝偽の偽装〟だ。

部下たちが見逃している事実がもう一つあった。

ローゼン通りの建物の中で、唯一この三十二番だけが特別なつくりになっている。この家だけが、通常の通りに面した入り口だけでなく、裏庭から路地に出られる出口の外、家の左手に通りと平行して走る裏通りに出られるドアが付いているのだ。家の正面からも路地からも裏庭に出入りすることができる……。

ヴォルフ大佐には、真木がわざわざこの家を選んだ理由が手に取るようにわかった。

退路の確保。

それがスパイが住まいを選ぶ際の第一条件だ。

——真木克彦は日本のスパイだった。

その点はもはや疑う余地はない。問題は……。

「なぜ、日本なんです？」

ヨハンが、まだ納得できない顔つきのまま、独り言のように呟《つぶや》いた。

灰色の隻眼を振り向け、続きを促した。

「日本は、わがドイツと友好国ですよね。その日本のスパイが、わが国に密《ひそ》かに潜入して、いったい何をしていたというのです？」

——日本が、友好国？

ヴォルフ大佐は思いもかけぬ滑稽《こっけい》話を聞いたかのように、一瞬ニヤリと笑った。

「貴様、いくつだ？」

「十九、ですが」

「なるほど。前の大戦の時は、まだ生まれてもいなかったわけか……」

ヴォルフ大佐は、少年の面影を残した若い秘書の顔から目を逸《そ》らし、主が死んだ家の中をぐるりと見回した。

——同じだ。

以前に、これと同じ匂いを嗅いだことがある。

キツネの匂い……珍しい、日本のキツネ……。

突然、黒雲を切り裂く雷光の如く二十二年前の記憶が鮮やかに脳裏に甦《よみがえ》った。

5

二十二年前――。

日本はドイツの敵だった。

ドイツと日本は、文字どおり敵味方に分かれて戦争をしていたのだ。

セルビア人一青年によるオーストリア皇太子暗殺をきっかけに勃発《ぼっぱつ》した二国間の紛争は、瞬く間にヨーロッパ中の国々を巻き込んだ大規模な国際紛争となった。

ドイツ、オーストリア＝ハンガリー、トルコ、ブルガリアからなる〝同盟国〟対、フランス、ロシア、イギリスを中心とした〝連合国〟。

夏に始まった〝世界大戦〟は、しかし当事者の誰もが数カ月か、遅くともその年の内には終わるだろうと予想していた。前線では、国家の都合で敵味方に分かれて戦うことになった兵士たちが、苦笑まじりに「仕方がない。でも、クリスマスは一緒に祝うとしよう」そう言って別れる場面があちこちで見られたほどだ。

戦争は、しかし半年では終わらなかった。

開戦から一年が経ち、二年を過ぎてなお、この戦争がどういう形で終わるのか、誰にも予測がつかなかった。戦火は徒《いたずら》に拡大した。毒ガス、戦車、機関銃、潜水艦、航空爆撃機といった恐るべき新兵器が次々に投入され、戦場では犠牲者の数だけが増え続けた。

何人《なんぴと》にも先が見えない状況の中、各国は競って諜報機関を設立し、優秀なスパイの育成にやっきになった。

相手より少しでも早く、少しでも正確な情報を手に入れることができれば、目の前の戦局、さらにはその先、いつかは訪れるはずの講和の場において決定的に有利な立場に立てる。

スパイがもたらす貴重な極秘情報は、まさに戦場での一個師団に匹敵したのである。

そんな中、ある奇妙な噂が流れた。

戦乱の続く欧州を舞台に、一人の日本人スパイが暗躍しているというのだ。

男の暗号名は〝魔術師〟。

誰も本名を知らず、容貌は不明。ヨーロッパ十数カ国以上の言語に通じ、変装に巧み。普段はごく目立たないが、状況に応じて何人にも見え、何人にも見えない。わかっているのは、まだ年若い男だということだけだ。

日本は先日、日英同盟を口実にドイツに宣戦布告。中国におけるドイツの租借地、膠州《こうしゅう》湾及び青島《チンタオ》を攻略。さらには、ドイツ領南洋諸島を占領したばかりだった。アジアを顧みる余裕がないヨーロッパ諸国の隙をついた、姑息《こそく》な作戦。その日本が、欧州情勢をいち早く知るために、スパイを派遣したとしてもおかしくはない。だが——。

デマだ。

噂を耳にした際、ヴォルフはほとんど即時に可能性を否定した。

当時ヴォルフは陸軍中尉。ギュンター・カイツ少将率いるドイツ国防軍情報部《アプヴェーア》に引き抜かれたばかりだった。

「情報戦の勝利は、どれだけ優秀なスパイを組織できるかにかかっている」

そう主張するカイツ少将は、ドイツ各軍の中からこれと思う人物を引き抜いて情報部を整備。組織の強化、育成にあたっていたのである。

情報部では当然、敵国日本の情報分析も行っていた。対象は、日本の軍事力のみならず、社会、経済、歴史、風土、さらには宗教や人生観といった、およそありとあらゆる事象が含まれる。そこから得られた結論が、

――日本の軍隊組織には、優れたスパイを養成できる素地はない。

というものだった。

実を言えばヴォルフは、カイツ少将から呼び出しを受けた際、一度は情報部への引き抜きを拒否している。

「スパイなど、所詮《しょせん》は泥棒まがいの愚劣な活動です。そんなことのために軍人としての貴重な時間を使いたくありません」

するとカイツ少将は、デスクに両肘《ひじ》を乗せたままヴォルフの経歴表にちらりと目を落とし、口元に微かな笑みを浮かべた。

「何も君にスパイをやれというのではない。逆だ。君の任務は、巣穴にひそんだ敵の

スパイを見つけ、そこからあぶり出すこと――つまりは、キツネ狩りなのだ」

その一言で、ヴォルフの心は揺らいだ。裕福な貴族階級《ユンカー》出身のヴォルフにとって、キツネ狩りは子供のころからの胸躍る特別な儀式だった。

ある晴れた秋の一日。館の中庭に、鮮やかな色の乗馬服をまとった男たちが、馬に跨《また》がり、自慢の猟犬たちを引き連れて集まってくる。興奮に上気した男たちの顔。皆、獲物への期待に目を輝かせている。

やがて出発を告げる角笛が鳴り響く。

木立の間を進んでいくと、ふいに犬たちの声の調子が変わる。キツネの匂いを嗅ぎつけたのだ。

突然、一匹のキツネが藪《やぶ》から飛び出してくる。犬たちに追われ、キツネは狂ったように駆け出す。耳を倒してジグザグに走る。再び藪に飛び込み、小川を飛び越える。だが、無駄だ。猟犬たちは次第にキツネを追い詰める。やがて馬に乗った男たちが追いつき、犬たちと一緒になってキツネを取り囲む。もはや逃れられないと悟った瞬間、狩られるものの目に浮かぶ恐怖と絶望――。

まさにそれこそがキツネ狩りの醍醐味《だいごみ》だった。他の生き物の生死をその手に握っているという優越感。男たちは舌なめずりをしながら、恐怖と絶望にうち震えるキツネの命を容赦なく握り潰《つぶ》す……。

気がついた時には、情報部への引き抜きを承諾していた。

任務を開始してすぐ、ヴォルフはカイツ少将の言葉が正しいことを知った。

〝アプヴェーア〟とは、本来ドイツ語で「防諜」を意味する。

情報部の任務の主たるものは、敵のスパイから国家の機密を守る防諜活動である。そのためには、身分を隠し、密かに身を潜めている敵のスパイを見つけ出し、狩り立てることこそが最重要課題であった。

スパイ狩りには確たる証拠など必要としない。微かなキツネの匂い――スパイ行為の疑いさえあれば、狩りは始められる。疑わしき場所を密かに取り囲み、一斉に吠《ほ》えかかる。〝疑われているのは自分かもしれない〟。そう思っただけで、スパイは必ず自分から姿を現す。ちょうど、猟犬の吠え声に震え上がったキツネが、自分から巣穴や藪を飛び出してくるように。スパイにとって最大の敵とは畢竟《ひっきょう》己の内なる猜疑《さいぎ》心なのだ。

ヴォルフたちは姿を現したスパイを追い詰め、取り囲む。もはや逃れられないと悟った瞬間、狩られるものの目に浮かぶ恐怖と絶望。狩る者たちは舌なめずりをしながら、恐怖と絶望にうち震えるスパイの魂を握り潰す……。

ヴォルフは新しい任務に夢中になった。これこそ天職だと感じることができた。その自分が判断したのだ。どこにもキツネの匂いはしなかった。〝魔術師〟などという日本人スパイの噂はデマに違いない。そう思った。だが――。

今もって、どんなふうにやられていたのか判らない。

ある日、偶然入手した日本の大使館の暗号電文を読んでいたヴォルフは愕然《がくぜん》とした。

ドイツが秘密裏にロシアと協議している極秘協定の内容が、日本に漏れていた。そして、その暗号電文には、情報源として〝魔術師〟の暗号名が挙げられていたのだ。

慌てて関係者の洗い出しが行われたが、いったいどこから情報が漏れたのか、全くわからなかった。〝魔術師〟はその名のごとく一切痕跡を残さず、スパイ活動を行っていたのである。

その後も、ドイツ軍の機密情報がどこからともなく日本に漏れ続けた。

情報漏洩《ろうえい》の事実を知り得たのは、日本大使館の暗号電文を入手する独自のルートを持っていたからだ。さもなければ、情報が漏れていること自体、最後まで気づかないままだっただろう。

ドイツ情報部は全力を挙げて〝魔術師〟の影を追った。

至るところに罠が仕掛けられた。

疑わしき場所はすべて取り囲み、躊躇《ちゅうちょ》無く犬たちをけしかけた。

しかし〝魔術師〟のコードネームを持つ日本のスパイは、尻尾《しっぽ》をつかませることはおろか、姿を見せることとさえ一度もなかった。あたかも悪魔に取り憑《つ》かれた悪賢いキツネが馬上の狩人を嘲笑《ちょうしょう》するかのごとく、その度に彼はアプヴェーアを出し抜き、ドイツの機密情報を掠《かす》め取り続けたのである。

戦争末期のある日、軍港都市キール郊外で一人の日本人青年が捕らえられた。

逮捕理由はスパイ罪。

尤も、その時点で彼がスパイだという確かな証拠はなかった。それどころか、捕まえた青年が日本人だということさえ、外見からは判断できなかった。

彼は一見すると何人にも見え、何人にも見えなかった。中肉中背。顔立ちは、よく見れば整っているのだが、目を逸《そ》らした瞬間どんな顔だったか思い出せない。捕らえられる以前の彼を知る者に尋ねたならば、首を傾げながら「どんな顔だったか覚えていない。なにしろ印象が薄かった」と証言するに違いない。

逮捕時、彼は疑われるようなことは何もしていなかった。ただ街を歩いていただけだ。少なくとも、完全武装した数十名の兵士に突然取り囲まれる理由はない。

だが、ドイツ情報部はある確かな筋から、その男こそが伝説の日本のスパイ〝魔術師〟だという極秘情報を得ていた。

ある確かな筋。

大日本帝国陸軍参謀本部からだ。

組織の中で〝魔術師〟は優秀すぎたのだ。そのために、上の、誰かの妬《ねた》みを買って、売られた——。

逮捕されてなお、男は白《しら》を切り通した。自分は日本のスパイなどではない。これは何かの間違いだ。そう言い張った。

しかし、尋問者が旅券に記載されていた偽名ではなく、日本の参謀本部から手に入れた名前を告げた瞬間、男は一瞬ハッとしたような顔になった。下を向き、唇を嚙《か》んだ。

顔を上げた時、男の印象は一変していた。それまで被《かぶ》っていた〝薄い印象の仮面〟が剝《は》がれ落ち、傲岸《ごうがん》とも言える強烈な表情が浮かんでいた。

ヴォルフは背筋が粟《あわ》立つのを感じた。

男の印象の薄さは意図的につくられたものだった。一瞬毎《ごと》に微妙に顔の印象を変える。そうすることで、周囲に顔を覚えさせないようにしていたのだ。実際目にするまで、そんなことが人間にできるとは思わなかった。逆に言えば、名前が明かされたその時こそが、はじめて正体不明の日本人スパイ〝魔術師〟の尻尾をつかんだ瞬間だった。

キール郊外の一軒の農家の納屋が尋問場所として徴用された。

納屋の太い柱を背にして男を地べたに座らせる。頑丈な革手錠で左手を吊《つ》るし上げた不自然な姿勢の男に対して行われたのは、実際には尋問などではなく、拷問だった。

彼がいかに優秀なスパイであったにせよ、たった一人であれだけの成果を上げられたはずはない。ドイツ国内に少なからぬ数の〝売国的情報者〟がいるのは間違いなかった。その中には、最重要機密情報に日常的に触れる立場の者も含まれているはずだ。

「貴様は祖国に売られた。組織に裏切られたんだ。もはや何者にも忠誠を尽くす必要はない。知っていることをすべて話せ。それで楽になる」

肉体に加えられる暴力の合間に、尋問者が耳元でいくらそう唆《そそのか》しても無駄だった。男は頑として、一人の協力者の名前も明かそうとはしなかった。

拷問は苛烈《かれつ》を極めた。

見張りの若い兵士の中には、正視に耐えず、命令に反して顔を背けた者があったほどだ。

肉体的にぼろぼろになりながらも、男は沈黙を守り続けた。

男には無論わかっていたのだ。

知っていることをすべて話せば、あるいはそう判断されれば、直ちに死が待っている。スパイには名誉の死など許されていない。犬畜生のように殺され、捨てられる。銃殺。単に銃口が頭に押しつけられ、引き金が引かれるだけだ。

だが、殺されるとわかっていてなお、ほとんどの者は目の前の肉体的な苦痛から逃れるために、話し始める。

すべてを話すか、もしくは男の心臓が止まるまで、取り調べは続けられるはずだった。

尋問が始まって三日目の未明。

男が急に激しい腹痛を訴えた。額に脂汗が浮かび、顔が苦痛に歪んでいる。

「……外の便所に連れて行け」

尋問者はうんざりした顔で命じた。

もはや自力では立てない男の体を見張り役の一人の兵士が支えてやり、逃亡防止のために、別に三人の兵が銃を構えて、慎重に男の背中に狙いを定めながらついていった。

戻ってきた時、男はすっかり憔悴《しょうすい》しきった様子だった。見張り役の兵士に体を支えられて、ようやく元の場所に腰を下ろした。左手につないだ革手錠が再び高く吊るされ、尋問者が欠伸《あくび》交じりに取り調べを再開しようとした。その時だ——。

見張り場所に戻る兵士とすれ違いざま、ヴォルフはふと、彼の装備品が一つ欠けていることに気づいた。

手榴弾《しゅりゅうだん》。

見張りの兵士が腰に装備していたはずの手榴弾が消えていた。しかも、当人は少しもそのことに気づいていない様子だ。

——どこだ？

慌てて周囲に視線を走らせた。

見つけた瞬間、ぎょっとなった。革手錠で高く吊るされた男の左手。その手の内に手榴弾が握られていた。男はしかも、すでに小指で安全ピンを抜き取っていたのだ。

暗がりの中、男の俯《うつむ》いた顔が一瞬ニヤリと笑ったように見えた。

それが最後に見た光景だった。

次の瞬間、轟音《ごうおん》とともに手榴弾が炸裂《さくれつ》した。

顔の右半分に殴られたような衝撃を受けて、横ざまに倒れた。

気がつくと、狭い納屋の中は混沌《こんとん》を極めていた。明かりが消えた未明の薄闇の中、悲鳴や呻《うめ》き声があちこちから聞こえた。周囲にはもうもうと埃《ほこり》やわけのわからぬゴミが舞い上がっている。右目に激しい痛みを感じて手をやると、生温かい液体でぬらぬらした。出血しているらしい。血をいくら拭《ぬぐ》っても、世界の半分は依然として闇に包まれたままだった。

——奴は……奴はどうした？

残った片目で見回した。

捕らえられた男が姿を消していた。左手を吊るし上げていたロープが虚《むな》しく揺れているばかりだ。

表で銃声が聞こえた。

片方の手で見えない右目を押さえたまま、よろよろとした足取りで納屋の外に歩み出た。

見張りの兵士たちが右往左往しながら口々に騒ぎ立てていた。

「……何があった?」

兵士たちはヴォルフを振り返り、一瞬ぎょっとした顔で口をつぐんだ。

「何をしている! 誰か、報告!」

鋭く叱責《しっせき》すると、ようやく一人が敬礼して口を開いた。

納屋の中で爆発があった直後、一人の男が弾丸のように飛び出してきた。男は、見張りの兵士の一人を叩《たた》きのめし、銃を奪って、たちまち姿を消したという。

ヴォルフは唖然《あぜん》とした。

男は拷問で散々痛めつけられ、誰かに体を支えてもらわなければ歩くことさえままならなかったはずだ。

あれが演技だったというのか?

取り調べも三日目の未明となり、いくらか緩みが出ていた。尋問者自身、欠伸交じりだった。

あの男は周囲の注意が散漫になるのを待って、腹痛を訴えた。自分の足だけでは歩けない演技をして、見張りの兵士に体を支えてもらった。それでも戻ってくるまでの間は、周囲の者たちにも緊張がある。だが、男が再び繋《つな》ぎ直されたあの瞬間、一瞬の空隙《くうげき》が生じた。あの男はその機を逃さず、密かにすり取った手榴弾のピンを手の内で引き抜いたのだ。卓越した掏摸《すり》の技術。すれ違いざま、相手に気づかれずに財布の中身だけを抜き取るほどの腕がなければ無理だろう。否、そんなことより——。

頭の上で手榴弾を爆発させる。

普通であれば自殺行為だ。

だがあの男は、爆発の瞬間、手榴弾を指先で空中に弾き出し、同時に腕を強く捩《ねじ》って太い柱の陰に自分の体を押し込んだ。逃亡防止用の楔《くさび》として選ばれた農家の納屋の頑丈な柱を、あの男は逆に、爆発から身を守る遮蔽《しゃへい》物として利用したのだ。

無論、至近距離で手榴弾を爆発させた以上、奴の片手はもはや使い物にならないはずだ。

だが、あのまま尋問が続けられれば、どのみち死が待っていたことは間違いない。

片手と生命のどちらが重要か——。

質問の答えははっきりしている。

それでも普通の人間は目の前の痛みに心を奪われる。それをあの男は、瞬《まばた》き一つせずやってのけた……。

ヴォルフの世界の見方は、あれ以後決定的に変わった。

失った片目と引き換えに、頭の働かせ方を学んだのだ。

懸命な捜索にもかかわらず、姿を消した男の行方は杳《よう》として知れなかった。

いや、本来であれば、あれだけの手傷を負った男が異邦の地で長く姿を隠し続けることは不可能だったはずだ。だが、あの直後。キール軍港でドイツ軍の水兵たちが、皇帝の出撃命令を拒否して、反乱を起こした。そして、それをきっかけにドイツ各地で暴動が勃発。ついには皇帝が亡命し、新たに打ち立てられた共和制のもと、新政府が連合国に降伏するという事態となったのである。

誰もが自らの保身に必死になった。日本人スパイの行方など、気にする者は誰もいなかったのだ。

——あの男は、水兵たちが反乱を起こす時期を正確に知っていて、逃亡のタイミングを計っていたのではないか？

後になって、そんな疑念がちらりと頭に浮かんだほどだった。

大戦の後、ドイツ軍は解体の憂き目にあった。情報部もまた事実上活動停止を余儀なくされた。

国防軍情報部《アプヴェーア》が復活したのは、ナチス政権下、一九三五年になってからだ。同時にヴォルフは情報部に復帰した。最初に手をつけたのは、あの男の行方を追うことだった。

調べた限り、ヴォルフ同様、あの男もまた大戦後は表立った活動を行ってはいなかった。

長い潜伏期間中、あの男が何をやっていたのかわからない。

ヴォルフは、彼は引退したのではないかと疑っていた。あるいは、死んだのではないかと。

ところが、ここにきて、非公式ながら妙な情報が耳に入ってきた。

あの男が日本でスパイ養成機関を設立したという噂だ。

死を前提とする軍隊の中にありながら、〝死ぬな〟〝殺すな〟という奇妙な命題を掲げたその組織は、あの男の指揮下、密かに各国でスパイ活動を行っているという。

噂を耳にした時、ヴォルフは半信半疑だった。

あの男は、一度日本陸軍に手ひどく裏切られたのだ。用無しの犬畜生同然に売られた男が、再び祖国のために命懸けで働くものだろうか？　そう思った。だが――。

どうやら噂は本物だったらしい。

ヴォルフ大佐は顔を上げ、再び真木という日本の青年が住んでいた家の中を見回して、微かに口元を緩めた。

ここに残された生活の痕跡からは、ヴォルフが追い求めてきたあの男と同じ匂いがする。いや、死んだ真木の写真を見せられた近所の者たちの反応や証言——「意外に美男だったことに驚いていた」「死んでからの方が存在感がある」——が何よりの証拠だ。

真木こそは、あの男が組織し、訓練を施した機関の一員に違いない。

秘書のヨハンが困惑した顔で振り向いた。

「どうします？」

「大昔に何があったのか知りませんが、現在では日本はドイツの友好国です。その日本のスパイについて、これ以上調べても仕様がないんじゃありませんか？」

「新聞報道は押さえてあるな？」

ヴォルフ大佐は、質問には答えず、逆に低い声で尋ねた。

答えは、聞くまでもなかった。

情報部が許可しない記事など新聞に掲載されるはずがない。だとすれば……。

——キツネ狩りだ。

現在の日本とドイツの関係などどうでも良い。

この世界には狩る者と狩られる者があるだけだ。

そのことを、ヴォルフはあの男から学んだ。

——二度は逃しはしない。

巣穴からあぶり出し、捕らえる。今度こそ毛皮を剝いでやる。

ヴォルフ大佐の唇の端がゆっくりと吊り上がり、ニヤリとした笑みになった。

6

翌日、ドイツの新聞各紙は首都郊外で起きた悲惨な鉄道事故を一面で大々的に報じた。

目撃者の証言によって事故発生時の詳細が生々しく再現される一方、現場にいち早く駆けつけ、負傷者の救助に当たったたったヒトラー・ユーゲントの活躍が大袈裟《おおげさ》に称賛された。

新聞記事は、事故原因が一方の列車の脱線であることを明らかにし、同時に、事故現場で逮捕されたオットー・フランク（四十五歳）の自白に基づいて、当局が多数の鉄道労働者を逮捕したことを伝えていた。オットー・フランクは〝今回の事故は、鉄道労働者に紛れ込んだ反体制分子のサボタージュに因《よ》るものである〟と供述しており、当局としてはこれを機に、今回の悲惨な事故を引き起こした不満分子を国内から一掃すべく、さらに厳しく取り調べを続けていくことが報じられている――。

ヴォルフ大佐は集められた各紙の記事を前に、満足げに目を細めた。

記事内容は事前に検閲済みだ。今更どうこう言う話ではない。

視線が向けられた先は、記事の末尾。

今回の事故による死者、及び負傷者が収容された病院名が公表され、身元不明者の確認を行うようベルリン市民に促している。

ヴォルフ大佐がわざわざ新聞各社に指示して書かせたものだった。

今回の鉄道事故で死んだ日本人青年——真木克彦が、あの男が日本で組織したスパイ機関の一員だったことは間違いない。

真木はドイツ国内でスパイ活動を行っていた。

目的は、ナチス政権の真意を探ることだろう。

この数年における日本の対ドイツ外交の失態ぶりを考えれば、それも不思議ではなかった。

若いヨハンの世代は、あたかも日本を昔からの友好国と見做《みな》しているようだが、ナチス政権が従来の東洋政策を転換したのは、ここ数年のことだ。

一九三八年四月。ナチス政権は、それまで支援してきた中国から軍事顧問団の引き揚げを決定。同時に、武器及び軍事物資の中国向け輸出を禁止し、さらに翌月には満州国を承認した。

満州事変以来、国際的に孤立の色を深めていた日本——ことに満蒙《まんもう》国境においてソ連軍と直接対峙《たいじ》し、圧力を感じていた日本陸軍は、ナチス政権のこの政策転換を歓迎し、以後ほとんど手放し状態でドイツに急接近することになる。

だが、ナチス・ドイツの東洋政策転換には裏があった。

日本を英米から引き離し、ベルリン＝ローマ枢軸側に巻き込むことが、ドイツにとって何としても必要だったのだ。

結果としてドイツは、最小限の犠牲で最大限の効果を得たことになる。

一九三九年八月。ナチス・ドイツは独ソ不可侵条約の締結を発表。世界を驚かせた。ソ連こそが日独共通の仮想敵国である、と堅く信じてきた日本は突如発表されたこの条約に呆然《ぼうぜん》となった。

「欧州情勢は複雑怪奇」

そんな〝迷言〟を残して当時の日本の内閣が総辞職に追い込まれたほどだ。

独ソ不可侵条約という手ひどい裏切りにあいながらも、日本陸軍はなお、ナチス・ドイツとの決別を考慮しなかった。それどころか、むしろドイツへの依存度を高めている感さえある。

極東における英米との対立が、抜き差しならぬところまで来ているに違いない。

それこそが、まさにナチス政権が望んだ状況だった。

――極東での日本軍の動きを自在に操る。

日本軍を使って極東での英仏の動きを牽制《けんせい》できれば、ヨーロッパに於《お》けるドイツの戦略可能性は無限に広がるはずだ。そのためにも、ドイツの次の手を日本に知られるわけにはいかなかった。

先に意図を知られれば、ドイツの利点はなくなる。その情報を逆利用されることで、最悪の場合、ドイツと日本の立場が逆転する可能性さえ出てくる。

日本陸軍が、遅ればせながら、ここにきて懸命にナチス政権の真の意図を探り出そうとしているのは、むしろ当然なことだ。問題は――。

どんな情報も、要は使う者次第なのだ。

ヴォルフ大佐は、ふと、失った右目に鋭い痛みを感じて顔をしかめた。

死んだ真木という日本の青年からは、あの男と同じ匂いがした。

恐らく真木は傀儡師《くぐつし》――英国人が謂《い》う所のスパイ・マスターだろう。真木は、美術商を装って国内を旅行しながら、協力者と接触、情報を集めて回っていた。真木は、協力者から得た玉石混淆《こんこう》の細かな数多くの情報を整理し、分類し、そこから正確な状況判断を導き出す。それがスパイ・マスターの役目だ。

これまで真木の協力者は一人としてドイツ情報部に存在を知られていない。そのことだけを考えても、真木は恐ろしく優秀な傀儡師だったに違いない。

だが、その真木は鉄道事故に巻き込まれ、命を落とすことになった。事故に巻き込まれたことは単なる不運であり、神ならずして、何人といえども彼の死を事前に予期できたはずはない。

スパイ・マスターが優秀であればあるほど、それが失われた場合の影響は大きい。

真木が死んだことを知れば、協力者たちの間には必ず動揺が広がる。真木が慎重にドイツ国内に張り巡らしたスパイ網。その中の一人でも捕まえることができれば、後は芋づる式に挙げていくことができる。

この時点でドイツ国内のスパイ網が崩壊すれば、日本陸軍はナチス・ドイツに対して、今度こそ完全に後手に回らざるを得ない。次善の策を講じるべく、何らかの手を打とうとするはずだ。だとすれば……。

——必ずあの男は姿を現す。

ヴォルフ大佐は確信していた。

あの男が、部下の不慮の死という偶然によって任務が失敗するのを、指をくわえて見ているとは思えなかった。あの男は事態を収拾するために、必ず自分で乗り込んでくる。その時こそ奴の最後だ。

ヴォルフ大佐は、情報部が総力をあげて作成した〝完璧な罠〟の計画書からようやく目をあげた。


罠を仕掛けるにはまず、キツネを呼び寄せるための餌が必要だった。

餌――。

真木がドイツ国内で飼っていた協力者、これまで真木にドイツの機密情報を提供していた者たちだ。

人が祖国を裏切り、所謂《いわゆる》〝売国的情報屋〟となるには様々な理由がある。現政権への反感や異なる主義への忠誠、といった政治的理由ばかりではない。目の前のわずかな現金や異性への欲望を満たすために、人は容易に祖国を裏切るものだ。中には弱みを握られ、仕方なく協力者に仕立て上げられた者もいるだろう。

いずれの理由で協力者になったにせよ、彼らの心から裏切り者としての後ろめたさが消えることは決してない。優秀なスパイ・マスターに管理されている間は良い。だが、優れたスパイ・マスターは、彼らの内面の後ろめたさを引き受けてくれる存在だ。

そのスパイ・マスターが消えされば、彼らの間には必ず動揺が広がる。少なくとも、真木の死を確認しようとする者が出てくるだろう。

真木の住居、及び遺体を収容した病院には、二十四時間態制の見張りをつけた。電話で病院に問い合わせがあった場合は、直ちに情報部に通報があり、発信者が特定される仕組みになっている。

捕らえた者には、糸をつけて泳がせる。あるいは免責を条件に寝返らせる。

それが餌だ。餌に厳重な監視を付け、キツネが食いつくのを待つ。

あの男が真木の住居か病院に姿を見せる、もしくは餌として泳がせている協力者に接触した時点で、必ず捕獲する。

計画は、簡潔にして完璧《かんぺき》。そのはずだった。だが……。

――なぜだ？

ヴォルフ大佐はデスクの前で報告を待ちながら、日増しに苛立ちを募らせていた。

三日経ち、一週間が過ぎてなお、死んだ真木の周囲には何の動きもなかった。

日本のキツネはおろか、真木の死に動揺を来《きた》しているはずの協力者たちの間にさえ、一切動きが見えない。

日本からドイツまでは船で一カ月。飛行機を使っても五日はかかる。

計画では、あの男がドイツに到着するまでに、協力者の一人か二人は最低限確保しておくはずだった。だが、どうしたことか、真木というスパイ・マスターの突然の死にもかかわらず、協力者たちはまるで何事もなかったかのように静まり返っている。

なぜ彼らが動かないのか、理由がわからなかった。

状況は、しかし、それでもなお有利なはずだった。

通常スパイ・マスターは、自分が飼っている協力者が誰なのか、味方にも明かすことはない。協力者たちから集めた情報に基づき最終的に判断した結論だけが、本国に報告される。それが協力者たちの身分を守るのに最適なやり方であり、だからこそスパイ・マスターは協力者たちとの信頼関係を結ぶことができるのだ。

日本にいるあの男が、真木の協力者を把握していたとは思えない。

真木の死によって危機に瀕《ひん》したスパイ網を救うためには、あの男はドイツに来て、真木がどこかに残しているはずの協力者リストを手に入れる必要がある。

真木の生前の行動は徹底的に洗い出した。住居だけでなく、彼が生前立ち寄った場所には残らず見張りをつけた。不審な人物は直ちに確保されることになっている……。

だが、いくら待っても網には何一つかからなかった。

併行して、ローゼン通りの真木の住まいの家宅捜索が再度徹底的に行われたが、真木が日本のスパイだったという痕跡は出てこなかった。床板がはがされ、天井裏、羽目板の隙間という隙間まで残らず調べられたが、スパイの証拠は何一つ発見されなかったのだ。

報告書を読み上げた秘書のヨハンは、軽く肩をすくめ、独り言のように呟いた。

「やれやれ。真木は本当に日本のスパイだったのですかね？」

ヴォルフ大佐の隻眼にじろりと睨まれて、ヨハンはたちまち沈黙した。

ヨハンに下がるよう言い、執務室で一人になったヴォルフ大佐は椅子に深く腰を下ろし、腕を組んでじっと考え込んだ。

あの匂いを間違うはずがなかった。

死んだ真木の写真を見た近所の者たちは、彼が意外に美男だったことに驚いた。中には〝死んでからの方が存在感がある〟と言った者まであったという。

真木は〝薄い印象の仮面〟を被っていたのだ。誰にでも出来る技術、というわけではあるまい。真木は、あの男の訓練を受けた日本のスパイだ。それは間違いない。だが……何かが間違っている。いったい何が……？

ふと、脳裏に真木の死に顔が浮かんだ。実物ではない。ヨハンが撮ってきた写真。まるで眠っているような安らかな顔。血の付いたシャツの襟。

突然、落雷にあったようなショックを受けた。

手を伸ばし、インターフォンのボタンを押した。すぐにヨハンが出た。もどかしく、尋ねた。

「どっちだ？　真木はどっちの列車に乗っていた？」

「どっちって……。いったい何の話です？」

ヨハンは戸惑ったように口ごもった。

早口に事情を説明する。

ヨハンの答えを聞いた瞬間、思わず呪いの言葉が口をついて出た。

「クソッ、馬鹿め！　出かけるぞ。ついて来い」

「出かける？　どこにです？」

「病院だ」

それだけ告げて、インターフォンを叩き切った。

7

「もう一度死因を教えろですって？　緊急事態だと言うので何かと思えば……」

手術中に呼び出された医師《ドクトル》は、いまいましげに呟き、小さく首を振った。五十代後半。痩《や》せぎすの体を白衣に包んだ医師の顔には濃い疲労の色が滲《にじ》み出ている。

「いいかげんにしてもらえませんかね。あなたたちが片っ端からユダヤ人医師を追放したせいで、ただでさえ人手が足りないんです。その上、一週間も前に死んだ患者のことで手術中に呼び出されたんじゃ……」

「いいから、質問に答えろ」

ヴォルフ大佐が低い声で言うと、医師はたちまちびくりと身を震わせた。

看護婦が差し出したカルテに目を落として、口を開いた。

「ああ、この患者……。覚えていますよ。確か、事故で折れた鉄枠に脇腹を貫かれたんでしたね？　この患者なら、病院に搬送されてきた時点ですでに死亡が確認されたはずです。死因は〝外傷性ショック、及び出血多量による失血死〟。……これが何か？」

「即死だったと聞いたが？」

「これだけの大きな傷ですからね。即死と言ってまず間違いないでしょう」

「まず間違いない、だと？」

ヴォルフ大佐の隻眼が細く引き絞られた。

「すると、即死ではなかった——つまりこの男は、事故後もしばらくは意識があったかもしれないのだな？」

「外傷性のショックに対する反応は人それぞれですからね……。〝しばらく〟という言葉の定義にもよりますが……可能性というなら、そう、一応は……」

言いかけて、医師はヴォルフ大佐の顔に浮かんだ凄まじい形相に気づいて、慌てて言葉を継いだ。

「しかし、医学的には同じですよ。〝即死〟の診断に誤りはありません」

医師の言葉は、しかしもはやヴォルフ大佐の耳には届いていなかった。

真木は不慮の鉄道事故に巻き込まれ、折れた鉄枠に体を貫かれた——。

事故の混乱のさなか、真木は己の状態を冷静に検討して、もはや自分が助からないことに気づいたはずだ。開いた傷口からは刻一刻と生命が失われていく……。

その状況において、真木はいったい何を考えたのか？　他ではない、真木はあの、あの男によって訓練を受けた、つまりはあの男の思考方法を植えつけられたスパイなのだ。

とっさに己の死によって何がもたらされるかを判断したはずである。

スパイにとって、不慮の死は〝任務失敗〟を意味する。その後のスパイ活動が続けられなくなる、だけではない。死後、当局の調査によって、それまで彼が懸命に隠してきたもの——ポケットの中の暗号表から、家の二重底の引き出しの奥に隠した極秘書類まで、すべてが白日の下に晒《さら》されてしまう。彼のスパイ活動の成果は烏有《うゆう》に帰し、さらには敵に多くの貴重な情報を与えてしまうことになるのだ。

任務中の死が名誉となり得る軍人とは異なり、スパイにとってはいかなる死も任務の失敗と見做される。それなのに——。

あの写真。

真木の死に顔は安らかなものだった。

なぜか？

真木は確信していたのだ。己の死が敵の手に何ももたらさないことを。今回の列車事故は、ベルリンからケルンに向かう列車とベルリンに戻って来た列車が正面衝突したものだった。

真木はベルリンに戻る列車に乗っていた。

〝引き継ぎ〟は済んでいた。真木はドイツで収集した情報をすべて何者かの手に委ねた直後だったのだ。

真木の住居をいくら捜索しても何も出てこないのはそのせいだ。真木は今回の〝引き継ぎ〟のために情報を整理した後、これまでの情報をいったん清算した。活動の成果はすべて渡した。しかも、身辺を探られてもいかなる情報も出てこない――。

真木は薄れゆく意識の中で自らの行動を検証し、そこまで確信した。だからこそ彼は、あれほど安らかな顔で死んで行くことができたのだ。だが――。

それでもなお、真木がドイツ国内で飼っていた協力者の問題が残る。真木の死を知れば、協力者の中には必ず動揺を来し、当局に自首する者が出てきてもおかしくはないはずだ。それなのに、なぜ未《いま》だに何の動きも出てこないのか……？

ヴォルフ大佐は目に見えない何ものかに向かって、残された片方の目をきつく引き絞った。

あることを思い出して、顔を上げた。

——知り合いは、まだ一人も病院に顔を出していません。

あの時、ヨハンはそう言った。まさか……。

手術中の医師を引き取らせ、代わりに列車事故があった日の当番看護婦を呼び出した。真木のカルテを鼻先に突きつけ、性急に尋ねた。

「当日、この患者が収容された部屋は？」

「……二〇二号室、ですわ」

年若い看護婦は怯えた顔で答えた。

病室の見取り図に目を走らせる。二人部屋だ。

「当日二〇二号室に収容したのは、こいつの遺体だけだな？」

「それが……あの日は病院が一杯で……まさか怪我人と亡くなった方を同じ部屋にはできませんから、やはり事故で亡くなったご老人と相部屋に……」

ヴォルフ大佐は一瞬、じろりと恐ろしい目でヨハンを見た。それから、

「その老人の遺体を引き取りに来た者はいるのか？」

「それが、身寄りのない方らしく、ご遺体はまだこの病院でお預かりしていますけど……」

と言いかけて、看護婦は何か思い出した顔になった。

「そう言えば、あの日、一人の紳士が亡くなったご老人の身元の確認にいらっしゃっ

たのでしたわ。流暢《りゅうちょう》なドイツ語を話されていましたが、もしかすると外国の方だったかもしれません」

「外国人だと？　どんな男だ？」

「一分の隙もない身だしなみをした、ごく丁寧な紳士でいらっしゃいましたわ。中折《ホン》れ帽《ブルク》を目深に被っておられたので、顔ははっきりとは見えませんでしたけど……」

ちょっと考える顔になった看護婦は、微かに頰を赤らめて続けた。

「そう、そう。その方、室内でも手に白い革手袋をはめたままでした。片足を少し引きずっていて、杖《つえ》をついておられました」

――馬鹿な……。

ヴォルフ大佐の隻眼が大きく見開かれた。

まさか、あの男が引き継ぎの相手だったというのか？

呆然とするヴォルフ大佐の耳に、看護婦の言葉が途切れ途切れに流れ込んできた。

「わたしがその方を病室に案内したのですが……ちょうどその時、先生に呼ばれてしまって……ええ、短い時間ですが、あの方は病室にお一人だったと思います。そのあと、廊下ですれ違ったので、お声をおかけしたら『失礼した。知り合いではなかった』とおっしゃったので、それきりになったのですが……」

あの写真。

脳裏に、さっきとは別の一枚の写真が浮かび上がってきた。

死んだ真木が着ていたシャツは、右襟がべったりと血に汚れ、しかも、まるで鋭利な刃物で切られたようになっていた。

もしあの襟についた血が、真木が最後に遺したメッセージだったのだとしたら？

真木はドイツ国内に張り巡らした協力者のリストを家の中に残してはいなかった。かといって、家以外のどこかに隠し場所があった様子もない……。

真木は、スパイ・マスターにとって最も重要、かつ保秘の対象である協力者の名前を、常に身につけていた——つまり、リストを写し撮ったマイクロフィルムをシャツの襟の二枚の生地の間に縫い込んでいたのではあるまいか？

そのマイクロフィルムを、あの男が持ち去った。ドイツ情報部の手が回る前に、だ。

——あの男なら……やりかねない。

ヴォルフ大佐は苦い思いで、一つの仮説を認めた。

〝引き継ぎ〟の直後、あの男は真木が乗った列車に事故が起きたことを知った。報道は規制したとはいえ、事故直後には少なからぬやじ馬が押し寄せた。完全な情報統制が行われたとは言い難い。あの男は車を飛ばしてベルリンにやって来た。事故の影響を確かめるためだ。死傷者が収容された病院を訪れる。その時点で、真木は既に死亡していたはずだ。だが、あの男は真木が遺したメッセージを正確に読み取った。

――シャツの右襟に重要情報。

そこで、あの男は一人になった機を逃さず、真木のシャツの襟を鋭利な刃物で切り開いた。そして、そこに縫い込んであったマイクロフィルムを回収したのだ。その後は――。

病院を立ち去ったその足でリストに記載されていた者たちに接触し、協力者の間に真木の死が影響を及ぼさないよう手筈《てはず》を整え、証拠を徹底的に消して回った……。

ヴォルフ大佐はほとんど呆然となりながら、頭の片隅で確信していた。

あの男はまたしても魔術師のように、すべての痕跡を消し去ったのだ。

8

五日後――。

列車事故で亡くなった者たちの合同葬儀が行われた。

真木の遺体は結局引き取り手が現れず、ベルリン郊外の共同墓地に葬られることになった。

ヴォルフ大佐は、部下たちに命じて、密かに葬儀を監視させた。

完璧に仕掛けたはずの罠は、すべて無駄だった。罠を仕掛けた時点で、キツネは既に餌をくわえて逃げ去っていたのだ。

残るは真木の葬儀が、あの男を捕らえる最後のチャンスだが……。

——現れまい。

ヴォルフ大佐は自ら葬儀監視の手筈を部下たちに命じる間も、それが徒労に過ぎないことをはっきりと感じていた。

スパイにとっては死がすべての終わりなのだ。

離れた場所に止めた車の中から、高性能の小型望遠鏡《テレスコープ》で葬儀の進行を監視する。

共同墓地に葬られるのは、遺体の引き取り手のなかった身寄りのない者たちだけだ。

葬儀の参列者は全員、仕事柄、儀礼的に参加しているだけだった。

並べられた柩《ひつぎ》の数は、全部で五つ。

葬儀の参列者は順に柩を囲み、花を投げ入れ、雇われた聖職者が簡単に祈りの言葉を唱える。儀式はそれだけだ。

真木の柩は一番端だった。

やがて順番が来た。参列者が真木の柩を囲み、気のない様子で花を投げ入れていく。

遠目に、黒い服を着た神父が胸に手を当て、口の中で何か言葉を唱えるのが見えた。

——そう言えば、一つ不思議なことがありましたわ。

若い看護婦の言葉が、耳に甦る。

「ご遺体は病院に来た時、目が開いていたんです。それが、気がついたら、いつの間にか閉じていたんですのよ」

神父が胸の前で小さく十字を切るのが見えた。

望遠鏡を顔から外し、左右に目をやる。

あの男の姿はどこにも見えなかった。

再びレンズを覗《のぞ》き込む。

視界の中で、柩の蓋《ふた》が音も無く閉じられた。

ブラックバード

1

双眼鏡が〝対象〟を捕らえた。

最初に気づいたのは特徴的な大きな目だ。口のまわりにはひげが認められる。足は短め。全体の印象は灰褐色。あれは……。

——ヒタキだ。

仲根《なかね》晋吾《しんご》は対象を確認して、口元ににこりと笑みを浮かべた。

一瞬顔から双眼鏡を外し、手元のノートにメモを取る。すぐにまた、レンズを覗《のぞ》き込んだ。

ノートは、今日書き込まれたメモですでにびっしりだった。

ハヤブサ、アメリカムシクイ、ヒタキ、ホオジロ、ウミツバメ、トウヒチョウ、ミソサザイ、ツグミ、ハシボソキツツキ……。

それぞれの鳥の名前の脇に、確認場所、日時、数、性別、分布タイプ、確認手段、その他と分類された欄が設けられ、独特の符丁が記されている。

アメリカ西海岸、ロサンゼルス。

かつてスペインからやって来た入植者たちが「天使たちの女王の町《エル・プエブロ・デ・ラ・レイナ・デ・ロス・アンヘレス》」と名付けたこの土地は、文字どおり羽根を持った天使――鳥たちの楽園だった。

正面に太平洋、サンタモニカ湾を望むロサンゼルスは一年を通して降雨量が少なく、穏やかな気候に恵まれている。十二月に入り、しかも間もなく日が暮れるという時刻だというのに、戸外でも厚手のコートなしで充分だ。

ここでは容易に、数多くの鳥たちの姿を観察することができる。

仲根がいま双眼鏡を向けた先では、一羽のハヤブサが枝に止まって食事の真っ最中だった。その食べかすをムクドリモドキが狙っている……。

双眼鏡を顔に当てたまま、慣れた手つきでノートに観察記録をメモしていく。

何の前触れもなく、ハヤブサが枝から飛び立った。

一瞬姿を見失い、双眼鏡を顔から外した。

遠近感の変化した世界の中で対象を探す。

――いた。

急いで双眼鏡を顔に戻し、焦点を合わせ直した。

視界に突然、妙なものが飛び込んできた。

道路端に停めた車の脇に立つ制服警官。そこにスーツ姿の小柄な男が小走りにやってきた。車の持ち主らしい。警官が男に向かって何事かを告げ、鼻先に紙切れを突きつける。男は両手を広げ、懸命に抗議している様子だ。が、警官は軽く肩をすくめただけで取り合わず、先ほどの紙切れを車のワイパーに挟んでその場を立ち去った。男はワイパーに挟まれた紙切れをむしり取り、助手席の窓から放り込む。そのまま運転席のドアを開けて乗り込むと、乱暴に車を発進させた……。

レンズの中で演じられた一幕の無言劇《パントマイム》。

思いがけず観客となった仲根は苦笑を漏らした。

この辺りは、海岸沿いに眺めの良い道路が続いている。ドライバーの中には車を停めて景色に見惚《みと》れ、あるいは、さらなる眺望を求めて道路脇の高台に徒歩で上がっていく者も少なくない。だが——。

この一帯の道路は、すべて駐車禁止なのだ。ごく短い時間の駐停車でも違反チケットを切られる。地元の警官の中には、他所《よそ》者の車と見るや容赦なくチケットを切ろうと、手ぐすね引いて待っている連中がいるくらいだ。

今の車の男も、どうやら犠牲者の一人となったらしい。

仲根は小さく首を振り、再び元の公園に双眼鏡を向けた。

ハヤブサの食べ残しを狙っていたムクドリモドキは——。

無事に餌にありついたようだ。

仲根は口元に微《かす》かに笑みを浮かべ、双眼鏡を顔から外して、その場を立ち上がった。

「おい、お前。そんなところで何をしている！」

日が落ち、そろそろ視界が無くなってきたので観察を打ち切って帰ろうとしたその時、不意に背後から声をかけられた。

振り返ると、二人組の制服警官が足下の枯れ葉を踏みしだきながら近づいてくるところだった。

仲根は木立の間にしゃがんでいた低い姿勢から立ち上がり、二人の警官を迎えた。

警官の一人が、小型ライトを仲根の持ち物に向けて言った。

「双眼鏡に地図、ノート、あとは筆記用具か……。もう一度訊《き》く。お前、ここで何をしていた？」

「鳥を見ていたのです」

「鳥……だと？　銃は？　銃はどこにある？」

「銃は持ち歩いていません」

「それじゃ、お前は銃も持たずに鳥を見ていたと言うのか？」

「バードウォッチャーに銃は必要ありませんからね」

仲根のこの答えに、二人の警官は呆《あき》れたように同時に肩をすくめた。

「ともかく、一緒に署まで来てもらおう」

「署まで……。いったい、どういうことです？」

「どういうことだ？　それはこっちが聞きたいね」

もう一人の警官が脇から口を挟み、左右を見回して言った。

「この御時世、日本人《イエロー・ジャップ》が高台の茂みに姿を隠すようにしゃがみこんで、高精度の双眼鏡をしきりに覗き込んでいたんだ。その上、お前が持っているこの地図やノートには、わけのわからない符丁や何やらがびっしりと書き込まれている。これで見逃したんじゃ、こっちの方が職務怠慢で訴えられちまうぜ」

「匿名で通報があったんだよ。〝丘の上で双眼鏡を覗いている不審な日本人がいる〟とな」

警官の一人が面白くもなさそうに言った。

「不審者？　しかし、私はただ、ここでバードウォッチングをしていただけで……」

「知るか。そうそう、通報者はこうも言っていたよ。〝あのジャップはスパイだ〟」

「ま、そういうことだ。きっと、お前は仲間に売られたんだ。よって、お前をスパイ容疑で逮捕する」

半ば呆然《ぼうぜん》とした顔の仲根の目の前で、二人の警官は立てた指を振ってみせた。

「言い訳があるなら、署に着いてからいくらでも聞いてもらえるさ」

「多分、いやになるくらい、いくらでもな」

そう言って、二人の警官は思わせぶりな様子で顔を見合わせた。

2

「あなたの名前はヒデキ・トージョーですか」

「いいえ」

「あなたは、いま銃を持っていますか」

「いいえ」

「あなたは、アメリカ人ですか」

「いいえ」

「あなたが住んでいるのはトーキョーですか」

「いいえ」

「あなたは、日本のスパイですか」

「いいえ」

「あなたは――」

突然、ドアが勢いよく開き、何者かがずかずかと部屋に入ってきた。

グレーのツイードの帽子にグレーのツイードの上下。背は低いが、がっしりとした体格の初老の男だ。毛虫のように太い眉毛《まゆげ》のいかつい顔つき。彼は——。

マイケル・クーパー氏。

ロサンゼルス郊外にある大規模な石油プラント工場のオーナーだ。

「ちょっと、あなた！」

ドア脇に立っていた若い警官がクーパー氏の肩に手をかけ、引き留めて言った。

「勝手に入ってきてもらっては困りますね。いま大事な取り調べ中なんですから」

クーパー氏は茶色の眼を糸のように引き絞った。肩にかかった手を振り払い、若い警官を真っすぐに見据えて言った。

「若いの、わしが誰だか分かって口をきいているんだろうな？」

「もちろんです。存じ上げておりますとも、クーパーさん」

肩をすくめた若い警官は、相手の言葉に込められた言外の意味に気づいて、慌てて背筋を伸ばした。

クーパー氏は、ロサンゼルスにおける所謂《いわゆる》〝お金持ち《リッチ》クラブ〟の一員で、当然、地方検事や警察署長とも昵懇《じっこん》の間柄だ。

クーパー氏は硬直した若い警官に冷ややかな一瞥《いちべつ》をくれ、仲根に歩み寄った。

「大丈夫かね、きみ……」

言いかけて、クーパー氏は呆れたようにぽかんと口をあけた。

仲根は一切身動きができないよう、何本ものベルトで椅子にきつく手足を固定されていた。剝《む》き出しにされた裸の胸には幾重にもチューブが巻かれ、指先と腕にはそれぞれ妙な装置が取りつけられている。立ち上がるどころか、これでは頭を動かして振り返ることさえできない。

「なんと、まあ……」

クーパー氏はもう一度呆れたように首を振り、若い警官を振り返って詰問口調で尋ねた。

「何だね、これは？　新種の拷問でも試しているつもりなのか？　何でもいい。ともかく、すぐに彼を自由にしたまえ」

隣室に控えていた白衣の技師が慌てた様子でドアを開け、取り調べ室に入ってきた。

「すみません。いま、嘘発見器《ポリグラフ》による取り調べ中なのです。もう少々お待ち下さい。すぐに結果をお知らせしますので」

「嘘、発見器だと……」

途端にクーパー氏の怒りが爆発した。

「それじゃ貴様は、彼が嘘をついているというのか？　クソッ、馬鹿め！　冗談じゃない。この馬鹿げた機械をすぐに外したまえ。今すぐに！　全部だ！」

「しかし、この容疑者の証言には幾つか疑わしき点が……」

「容疑者だ？」

クーパー氏は恐ろしい目付きで技師の顔をまともに見据え、残る言葉を一言一言はっきりと区切るように低い声で言った。

「いいか。この青年は――シンゴ・ナカネは、わしの個人秘書だ。今後も彼を容疑者扱いするつもりなら、いいだろう、だがその時はそれなりの覚悟をしておいてもらうからな」

クーパー氏の見幕に技師はすっかり青くなり、無言のまま、急いですべての装置を取り外した。

およそ八時間ぶりに、仲根は椅子から立ち上がることができた。さすがに手足が強《こわ》ばっている……。

クーパー氏が仲根の肩に手をやって言った。

「遅くなってすまなかった。昨夜は警察署長の奴が、いったいどこに行ったのか、さっぱりつかまらなくてな。結局こんな時間になってしまった」

「やれやれ。一時はどうなることかと思いましたよ」

仲根はため息をついて首を振り、それからクーパー氏に向かって頭を下げた。

「おかげで助かりました。有り難うございます」

「体は平気かね？」

「大丈夫です。このとおり。ところで……？」

目で探した。

「メアリーなら外で待っている。ジョナサンも一緒だ」

ほっと息をついた。

「それじゃ、みんなで仲良く手を繋《つな》いで、一緒にお家《うち》に帰るとしましょうか。ねえ、お義父《とう》さん？」

3

警察の建物を出ると、腕に赤ん坊を抱いた若い女が待っていた。

「シンゴ！　パパ！」

二人の姿を見つけて、女が声をあげた。

「メアリー！　ジョナサン！」

仲根は手を振って応《こた》え、自分から女に駆け寄った。

「ごめんよ。心配をかけたね」

赤ん坊ごと抱き締め、耳元で囁《ささや》くと、強ばっていた女の表情が緩み、くすぐったそうな笑みが浮かんだ。

仲根がクーパー家の三姉妹の末娘、メアリー嬢と結婚して、そろそろ一年になる。金色の豊かな髪。晴れた日の海のような青い眼。頬に残る雀斑《そばかす》がいくらか容貌《ようぼう》を損ねてはいるが、まずまずの美人と言っていい。

上の二人の姉は早くに結婚して家を出ている。最後に残った末娘が、こともあろうに日本人と結婚すると言い出した時、当然のことながらクーパー氏は猛反対した。

「日本人《ジャップ》と結婚する？　相手は、働きながら大学に通っている、貧乏人の苦学生だと？　冗談じゃない。そんな結婚は断じて許さん！」

顔を真っ赤にして怒り狂ったものだ。

だが、メアリーの決意は固かった。

「シンゴは、そりゃ貧乏かもしれないけど、わたしが知っているどのアメリカ人よりも教養があって紳士的だわ。パパは昔からわたしに、結婚するなら紳士と結婚するべきだと言っていたじゃない」

断固としてそう言い張った。

きっかけは、バードウォッチングだった。

西海岸ではバードウォッチャーの数は極めて少ない。この土地ではそもそも狩り《ハンティング》以外の目的で動物を観察するということが理解されていないのだ。

メアリーは、社交界デビューのために訪れた英国で自然観察の精神を知り、いたく共鳴した。ところが英国から戻り、西海岸でバードウォッチングを試みたところ、周囲から奇異の目で見られた。そんな中、バードウォッチング中に知り合った唯一の理解者——それが仲根だった。

尤《もっと》も、メアリーも最初はただ、この土地で数少ない同好の士として仲根と付き合っていただけだ。実際のところ、彼女自身、まさか自分が黄色い東洋人に心惹《ひ》かれることになるなどとは思ってもいなかった。

だが、同じバードウォッチャーとして付き合ううちに、メアリーの心は次第に仲根に魅了されていった。仲根の言葉の端々には並々ならぬ教養が滲《にじ》み出ていた。常に紳士的な態度を崩さず、何より自然に向けられた彼の深い愛情は、メアリーがかつて密《ひそ》かに憧《あこが》れた、ある英国貴族を思い出させた。改めて眺めれば、仲根は一般に平板な印象のある日本人にしては極めて彫りの深い、端整な顔立ちをしていた。夕暮れ時、鳥たちに双眼鏡を向ける仲根の横顔は、メアリーの目にあたかも東洋の神秘的で高貴な彫像のように見えた。

その先の二人の仲は、むしろメアリーの方が積極的に進めたと言って良い。

父親クーパー氏がこの結婚に猛反対することは最初からわかっていた。メアリーとしても駆け落ちすることまで覚悟していた。が、ある時からなぜかクーパー氏の反対がぴたりと止んだ。

今では二人の間にジョナサンという子供が生まれ、これでもう何の心配もいらない——そう思っていた矢先に今回の事件が起きたのだ。

この国の警察では、取り調べ中に〝事故〟が起きることも珍しくない。有色人種《カラード》相手では尚更だ。警察の建物から出て来た仲根の元気な顔を見て、メアリーはようやくほっとしたように息をついた。

メアリーは夫の顔に手を伸ばし、ふと、その手を途中で止めた。

「その頰の痣《あざ》は？」

仲根は自分の頰に手をやり、一瞬痛そうに顔をしかめた。が、すぐににこりと笑ってみせた。

「何でもない。ちょっとぶつけただけだから……」

メアリーは一瞬疑わしげに眉を寄せたものの、それ以上はあえて尋ねず、短く「家に帰りましょう」と言った。

4

黒塗りの運転手付きリムジンカー。

クーパー氏所有の高級車だ。

ほとんど振動を感じさせない流れるような運転に、程なく車中には寝息が聞こえるばかりとなった。

生まれて間もないジョナサンは別にして、残る者たちは昨夜一睡もしていないのだ。

事情を知るお抱え運転手は、乗客を起こさないよう、クーパー氏の屋敷に向かうまでの間、運転に細心の注意を払っているようだった。

肩に寄りかかるメアリーの頭の重さを感じながら、仲根は軽く目を閉じ、静かに眠ったふりをしていた。

昨夜一晩の妙な経験のために頭が冴《さ》えて、逆にすぐには眠れそうになかった。

メアリーに指摘された頬の痣は、もちろん取り調べ中に殴られて出来たものだ。

警察に連行された当初、仲根は二人の警官から手荒な取り調べを受けた。

「バードウォッチング？　なんだそりゃ？　そんな言葉聞いたこともねえな」

「銃も持たずに鳥を見ていただけだと？　やれやれ、そんな言い訳が通用すると思うのかね」

二人の警官は顔を見合わせ、嘲笑《あざわら》うように言った。

机の傍らに立った一人が振り向きざま、仲根の頬を殴り飛ばした。衝撃で椅子から転がり落ち、床に這《は》いつくばった。

「人権侵害だ……」

椅子に座り直した仲根が切れた唇の血を拭《ぬぐ》いながら訴えると、二人の警官はいっそういきり立った。

「人権だ？　日本人《ジャップ》のくせに生意気言うんじゃねえ！」

「アメリカに住んでいる日本人は、どうせ全員日本のスパイなんだろ？　卑劣なスパイ野郎なんぞ、うっかり殺したって誰も文句を言う奴はいないんだよ」

そう言いながら背後に回った警官の一人が拳銃を引き抜き、仲根の頭に押し当てた。

「取り調べ中の〝事故〟はつきものだからな」

カチリ、と背後で撃鉄を引き上げる音が聞こえた。

「何なら自分で窓から飛び降りる方を選んでもいいんだぜ」

正面にいるもう一人が面白がるような口調で言った。

仲根は息を呑《の》み、大きく目を見開いた。

「バン！」

背後の警官が大声をあげたので、仲根は思わず椅子から飛び上がった。

二人の警官は腹を抱えて笑いながら仲根を椅子に押しつけ、無理やり口を開けさせた。

「〝口の中を調べて、乾いていれば怯《おび》えている証拠〟だとさ。……どうだ？」

「なるほどね。からからだ。唾《つばき》一滴残ってやしねえ。科学的判定ってやつだな」

「それじゃまあ、準備も整ったことだし、ここらで例の奴をはじめるとするか」

二人はそう言いながら、仲根の手足を椅子にきつく固定した。

金縁の眼鏡をかけ、白衣をまとった細身の男が部屋に入って来た。男は剝き出しにした仲根の胸に幾重にもチューブ状のものを巻きつけ、さらに指先と腕に妙な装置を取りつけた。

「いまからあなたを、最新型の嘘発見器《ポリグラフ》にかけます」

白衣の男は、まるで実験動物でも見るような冷ややかな目で、仲根を見下ろして言った。

「あなたはすべての質問に『いいえ』で答えてください。では、質問をはじめます。あなたはアメリカ人ですか」

一呼吸置いて、仲根はようやく口を開いた。

「……いいえ」

「あなたは日本人ですか」

はい、と答えかけて、目の前の男が無言で首を振るのに気づいて、言い直した。

「……いいえ」

二つの質問に答えた際の反応が、胸に巻かれたチューブと指先や腕に取りつけられた装置を通じて記録される——。

白衣の男はドアを開けていったん隣室に行き、記録を確認して、すぐにまた顔を出した。その顔には満足げな笑みが浮かんでいた。

「オーケーです。それじゃ、質問をお願いします」

二人の警官は質問票を受け取り、うんざりした様に舌打ちをした。

「おいおい。これ全部やるのかよ。面倒臭えな」

顔を見合わせ、肩をすくめた。仲根の視界から外れた椅子に座り、用意された質問票を読み上げはじめた。

「それじゃまず、えー、あなたはヒデキ・トージョーですか」

「いいえ」

「あなたはいま銃を持っていますか」

「いいえ」

「あなたは日本のスパイですか」

「いいえ」

……。

同じ質問が、一晩の内に何度となく繰り返された。もしクーパー氏が来てくれなかったら、仲根が気を失うまで続けられていたはずだ。

アメリカ警察の日本人に対する扱いを考え、仲根は暗澹《あんたん》たる気持ちになった。最近アメリカ国内、ことに西海岸では、日本人移民に対する差別や反感が急速に高まっていた。安い労働力を売り物にする日本人に職を奪われたと主張するアメリカ人は少なくない。彼らが、失業の憂さを晴らすために日本人の商店を襲ったという噂も耳にしていた。それにしても――。

仲根がアメリカに居住してもうすぐ三年になる。アメリカ人の妻を娶《めと》り、二人の間には赤ん坊まで生まれた。しかも妻の父親は地元の有力者だ。その仲根にして、あの扱いなのだ。アメリカの警察が、現在、在米日本人や日系人に対してどう考えているのか。仲根は事態の深刻さを改めて突きつけられた気がした……。

車が、ロサンゼルス郊外にあるクーパー氏の邸宅に着いたのは、朝九時を少し回ったところだった。

全員が寝ぼけ眼《まなこ》をこすりながら玄関を入っていくと、使用人の一人が足早に近づき、さっきからお客が待っていることをクーパー氏に告げた。

「警察署長のベック様でございます。クーパー様にどうしてもお話があるということでございまして――ただ今、書斎にお通ししてあります」

軽く肩をすくめたクーパー氏は、仲根とメアリーに先に休むよう言って、来客の待つ書斎に入って行った。

「それじゃ、ぼくも自分の仕事部屋にちょっと寄って行くかな……」

仲根が独り言のように呟《つぶや》くと、メアリーが非難がましい目を向けた。

「何だか変な具合に目が覚めてしまってね」

仲根は笑いながら妻を軽く抱きしめ、額にキスして言った。

「せっかくだから、昨日観察した鳥たちの記録を整理してから寝るとするよ。メアリー、きみも昨夜は眠っていないんだろう？　先に休んでおいで」

未練を残した具合に階段を上がっていく妻の後ろ姿を見送り、仲根は自分の仕事部屋のドアを開けた。

窓際に置かれた机の上には鳥たちの図鑑。それに、鳥たちの生息地を詳細に記した全米の地図が広げられている。

仲根は低く鼻歌をうたいながら椅子に座ると、鳥たちの観察記録を記したノートを取り出し、それから思い出したように傍らのラジオに手を伸ばした。イヤフォンを片方の耳に入れ、つまみを回してチューニングを合わせる。

ジャズ、ニュース、バラエティー・ショー、宗教音楽……。

様々なラジオ番組が、電波に乗って流れてくる。

不意に、二人の男の会話がラジオから流れてきた。

——彼は……自分で言っているような男じゃありませんよ。

——そんなことは……とっくに知っているさ。

——知っている？

——ああ、調べさせたからな。当たり前だろう。大事な娘がどんな男と結婚するか、調べない親がいるものかね。

——では、ご存じなんですね？　彼が、その……。

——もちろんだとも。彼は自分じゃそう言っているが、貧乏人の苦学生なんかじゃない。とんでもない。彼の国を代表する貴族の一人息子だ。しかも、莫大《ばくだい》な資産の持ち主ときている。

——しかし、わかりませんな。そこまでわかっているなら、なぜ本人に嘘だと言ってやらないんです？

——そこだよ、きみ。彼は自分が生まれながらの貴族であることを嫌って国を出て来たんだ。そもそも貴族なんてものが存在しないこのアメリカじゃ、考えられない話だがね。だが、いずれは彼も国に帰って、家を継ぐことになる。その時は……。

——それじゃ、全部承知なんですね？

——ああ、承知だとも。だからこそ、わしはこうして……。

ラジオから聞こえてくる男たちの会話を片方の耳に聞きながら、仲根は表情一つ変えることなく、鳥たちの観察記録にペンを走らせた。

ウミツバメ――ミズナギドリ目ウミツバメ科、外洋性海鳥、夕刻営巣地に帰還。
ミソサザイ――スズメ目ミソサザイ科、つがいで飛来、短い尾を左右上下によく振る、声美しい。
ハヤブサ――タカ目ハヤブサ科、高空より急降下、狩り途中で飛び去る。

そこまで書いて、仲根は手を止めた。
――やっと見つけた。
自ら書いた文字を眺め、にやりと笑った。
暗号名、〝ハヤブサ《ファルコン》〟。
彼こそが、捜し求めていた相手――組織に紛れ込んだ敵の二重スパイに違いなかった。

5

仲根が〝D機関〟の人間となったのは、かれこれ四年前のことだ。

日本帝国陸軍秘密諜報員養成所——通称〝D機関〟。

陸軍内に密《ひそ》かに設けられたスパイ養成機関である。

当時は無論、そんな組織がこの世にあることすら知らなかった。いや、それを言えば、あの男が突然目の前に現れた時も、まるでヨーロッパの古い小説に出てくる悪魔が時間と場所を超越して姿を現したような、奇妙な非現実感を覚えたものだ。

伸ばした髪を奇麗になでつけ、細身の体に仕立ての良い背広をまとった、黒い影のような男。片足を引きずり、手には一点の染みもない白い革手袋をはめたその男に名前があると知った時は、むしろ不思議に思ったくらいだった。

その男——結城《ゆうき》中佐は、D機関の選抜試験を受けるよう要件だけを短く告げて、再び闇の中に立ち去った。

——どうせ暇つぶしだ。

大学には兵役逃れのために在籍しているだけだった。未来の見えない自堕落な生活。どこでどう暇をつぶそうと結局は同じことだ。自分自身にそう嘯《うそぶ》き、鼻歌交じりに教えられた日時、場所に足を向けた。

暇つぶし。

だが、そうでないことは自分が一番よくわかっていた。あの頃は目に映るものすべて、世の中の出来事すべてが、起きる前から結果のわかっていることのように思えて仕方がなかった。小人の国に間違って紛れ込んだガリバーが感じたであろう絶対的な優越感と、それ故の虚《むな》しさ。手に触れたものをすべて黄金に変えてしまうという伝説のミダス王の渇きを、自分のものとして感じていた。使い道のない能力を持て余し、苛立《いらだ》ちのあまり気が狂いそうになっていた。だからこそ、悪魔のごとき男を、救世主《メシア》のごとく渇望していたのだ。

悪魔の勧めで受けることになったD機関の選抜試験は、しかし、何とも奇妙、かつ複雑極まりない代物だった。

最初に、建物に入ってから試験会場までの歩数、及び階段の段数を尋ねられた。世界地図を広げてサイパン島の位置を質問されたが、その地図からは巧妙にサイパン島が削られていた。地図を一瞥してその事実を指摘すると、ようやく本当の問い――広げた地図の下、机の上にはどんな品が、幾つ置いてあったのかを尋ねられた。

まったく意味を持たない文を読まされ、しばらく時間が経ってから、その文を逆から暗唱させる試験があった。

――自分以外に、こんな面倒な試験をパスする者はあるまい。

試験中幾度となく、半ば呆れ、半ば自負心から、そう思って苦笑したものだ。

結局、受験者の中から十数名の者たちが選び出された。

集められた者たちを見回して、最初に感じたのは軽い驚きだった。

自分と同じ匂いの者たち。

傲岸不遜《ごうがんふそん》。

馴致不能《じゅんち》。

他の集団であれば、間違いなくそう言われるような奴らばかりだ。少なくとも、上官の命令を意味も考えずに実行することを叩《たた》き込まれる軍隊式教育を受けた者たちでは有り得なかった。実際、後でわかったことだが、彼らは皆、日本の軍隊組織の中では〝地方人〟と呼ばれて軽んじられ、あるいは蔑《さげす》まれる軍外部の者たちばかりだった。しかも、集まった者たちは全員、あの奇妙な選抜試験を易々《やすやす》とパスしていたのである。

それから一年間。

彼らと共にD機関での訓練を受けた。

爆薬や無電の扱い方。自動車や飛行機の操縦法。数ヵ国語に及ぶ外国語の修得。高名な大学教授を講師に招いて、国体論や宗教学、国際政治論から、医学、薬学、心理学、物理学、化学、生物学に至る様々な講義が行われた。

外の世界ではすでに不可触とされていた国家神道――天皇制も、D機関内ではその虚構性が完膚無きまでに剝《は》ぎ取られ、国益の観点から、その問題点が徹底的に議論された。

一方でまた、学生たちは冷たい水の中を着衣のまま泳ぎ、さらに夜通し仮眠もとらずに移動した後で、前日に丸暗記させられた複雑極まりない暗号を自然な言語のように使いこなすことが要求された。完全な闇の中、指先の感覚だけをたよりに短波ラジオを分解し、再び使用可能な状態に組み立てる訓練が行われた。竹ベラ一本で跡も残さず封書を開封することや、鏡に映した左右反対の文字を一瞬で読み取り、暗記することが求められた。

陸軍内の組織に帰属しながら、学生たちは全員が髪を伸ばし、背広を着て生活していた。否、学生たちに限らずD機関に関わる者はすべて、万が一、少しでも軍人風の振る舞いをした場合は――例えば天皇の名を聞いて反射的に直立不動の姿勢をとったり、上官の姿を見て軍隊式の敬礼をした者は、その場で容赦なく罰金を取られた。

学生たちはまず、軍隊という組織に属しながら絶対に軍人に見えてはならない、あたかも鵺《ぬえ》のごとき存在であることを要求されたのだ。

求められているのは、結局のところただ一つであった。

言葉にすれば、それは「何物にもとらわれず、自分自身の目で世界を見ること」であり、言い換えれば「自分自身の肉体のみを通じて世界を理解すること」だった。

——世界は本当はどう見えるのか？

そこでは、人の死は善悪の基準で判断されるものではなかった。自殺や殺人は周囲の人々にとっての最大の関心事であり、それゆえに任務中は後始末が最も面倒な、スパイにとって最悪の選択肢の一つとして扱われたのだ。

長時間に及ぶ難解な講義や肉体を酷使する激しい訓練の後も、学生たちはしばしば夜の街に繰り出し、あるいは仲間内で〝ジョーカー・ゲーム〟と呼ばれる複雑な遊戯を何でもないように平然とやってのけた。

学生たちは自分のことを何一つ語らなかった。お互いの本名さえ知らず、偽名で呼び合い、尋ねられれば機関から与えられた偽の経歴《カバー》をすらすらと答えた。誰ひとりとして、うっかり発した一言が偽の経歴と矛盾し、あるいは齟齬《そご》を来《きた》すようなヘマは犯さなかった。

——何を、どこまで出来るのか。

自分自身に証明してみせることが快かった。

自負は、ほとんど肉体的な快感だった。

たとえそれが、ある種の薬物中毒者が感じる命取りの快楽であったとしてもだ。

一年に及ぶ訓練の終了後、仲根は結城中佐から呼び出しを受けた。

いや、正確には順番は逆だ。

彼が〝仲根晋吾《なかねしんご》〟なる人物を演じることになったのは、その瞬間からだった。

結城中佐がデスク越しに寄越《よこ》した分厚い命令書の中に、今回の任務にあたってコピーすべき人物として〝仲根晋吾〟の偽の経歴《カバー》が記されていた。

「要求は二重経歴《ダブル・カバー》だ」

逆光の中、デスクの向こうで黒い影のような結城中佐が軽く目を細める気配が伝わってきた。

「任務は最低三年。あるいはもっと長期に及ぶ可能性もある。意味するところは……わかっているな？」

念を押すように低い声で尋ねた。それが答えを必要としない修辞疑問であることは双方了解済みだった。

D機関ではいかなる命令書も、一読後、ただちに返却しなければならない。メモも禁止。内容はすべて頭に入れることが要求される。

「西海岸だけ、ですか？」

分厚い命令書を素早く一読し、返却しながら〝仲根〟は詰まらなそうに尋ねた。

「何なら、東も西も、まとめて面倒見ますがね」

「……そう欲張るな」

結城中佐が珍しく、苦笑するように唇の端を歪《ゆが》めて言った。

「東は外務省が縄張りを主張している。連中のメンツを潰《つぶ》すのは簡単だが、後がなにかと面倒だ」

——なるほど。

仲根は無言で頷《うなず》いた。

軍隊とは畢竟《ひっきょう》〝敵を殺し〟あるいは〝敵に殺されること〟を暗黙の了解とした組織である。〝死ぬな〟〝殺すな〟と学生たちに叩き込むD機関は、組織の中の異端——排除されるべき逆説だった。陸軍内で疎んじられるのはある意味仕方がない。だが、この上、官僚組織とまで正面から敵対したのでは——姑息な手段にかけては恐ろしく悪知恵の回るあの連中のことだ——思わぬ横槍を入れられ、任務に支障をきたす可能性がでてくる。機関を率いる立場の結城中佐としては、外務官僚たちとのある程度の取り引きはやむを得なかったのだろう。

東海岸を外務省に譲る代わりに、アメリカが勝手に〝わが国の裏庭〟と呼んでいる中米、及び南米に協力者を組織し、運営することが仲根の任務に加えられた——事情としてはそんなところで間違いあるまい。問題は……。

二重《ダブル》の偽《カ》の経歴《バー》。

その偽装の意味に思いを馳《は》せ、仲根は口元に微苦笑を浮かべた。

アメリカに渡った仲根は、西海岸〝天使の町《ロサンゼルス》〟を本拠地として早速活動を開始した。表の顔は、職を求めて日本を飛び出し、働きながらカリフォルニア工科大学で学ぶ苦学生。

ロサンゼルスの日系人社会で勤労学生として受け入れられた仲根は、早速彼らの間に〝協力者〟の組織を網の目のように張り巡らせる作業に取り掛かった。コツさえ知っていれば、他人を意のままにコントロールするのはさして難しいことではない。

仲根は、狙いを定めた者の欲望をあおり立て、あるいは弱みを握り、あるいは理想を吹き込むことで、網の目の中に次々に取り込んでいった。

奇妙なことに、仲根に組織された者のほとんどが、自分がいったいどちらの側で、誰の為に働いているのかさえ気づいていなかった。彼らは皆、自分が信じるもののために〝協力している〟と思い込んでいたのだ。例えば、弾圧されて日本を逃げ出さざるをえなかった共産主義者《コミュニスト》たち。彼らは避難先のアメリカでサークルをつくって国内の共産主義者を支援していたのだが、その活動資金は、仲根が二重三重に迂回《うかい》させて彼らにつかませたものだった。見返りは、彼らの持っている情報である。

自分でも知らない内に網の目に組み込まれ、情報を流している者たちは、誰一人として、いったい誰がこの網を束ねているのかを知らなかった。ほとんどの者がそもそも仲根の顔を知らず、たとえその場に仲根が居合わせたとしても、彼は常に何者でもない人物——その他大勢の中の一人——として認識されているよう周到に仕組んでいたのだ。

メアリーを知ったのは、アメリカに着いてまだ間もない頃だった。

海辺で双眼鏡を覗いている姿に興味をひかれ、声をかけた。

出会いは偶然。だが、その後は——。

D機関での訓練中、仲根は幾人かの奇妙な男たちから指導を受けた。

プロのジゴロ。

女性を惚《ほ》れさせ、女たちから巻き上げた金で生計を立てる者たちだ。彼らは偽の警官に拘束され、無理やり市内某所に連れてこられたのだ。

それがある種の技術である以上、D機関の学生たちにコピー出来ないはずがない。

一週間の後、実習のために街に出かけた学生たちは、プロのジゴロたちが呆れるほどの巧みさで女性を口説いてみせた。そもそも学生たちが厳しい訓練の後、夜の街に繰り出していたのは、一つにはジゴロたちを観察し、彼らの雰囲気《ムード》をコピーするためでもあったのだ。

——お前ら、俺の縄張りだけは荒らすんじゃねえぞ。

雇われ講師のジゴロたちは皆、引きつった顔で捨て台詞《ぜりふ》を残して姿を消した。

偶然の出会いの後、仲根はメアリーについての情報を拾い集めた。父親はロサンゼルス郊外に大規模な石油プラント工場を所有するマイケル・クーパー氏。地元の有力者だ。メアリー自身は英国で野鳥観察の精神を学び、いたく感銘を受けた。年齢は二十八歳。独身。婚期が遅れているのは、彼女がこの国の他の娘たちに比べていささか内気なためだ……。

仲根は、彼女メアリー・クーパーこそが作戦対象として相応《ふさわ》しい相手だと判断した。

メアリー本人は、偶然の出会いの後、数少ないバードウォッチャー仲間として付き合う内に、自然と心を惹かれていった——そう思っているはずだ。さらには、二人の仲は自分が積極的にリードしたのだとも。

そう思わせるのは難しいことではない。プロのジゴロならば誰もが当然のようにやっていることだ。

問題はその先。父親クーパー氏の説得だった。

アメリカ国内における有色人種、ことに日本人に対する偏見蔑視《べっし》は簡単に拭い去れるものではなかった。裕福な白人家庭の一人娘の結婚相手として日本人が選ばれることは、まず有り得ない。世間知らずのメアリーに父親が説得できるはずもなく、かといって二人で駆け落ちしたのでは、そもそも作戦の意味がない。

だからこそ、今回の任務ではわざわざ二重偽装《ダブル・カバー》が要求されたのだ。

クーパー氏は必ず、娘の交際相手について探偵社に調べさせる。

職を求めて日本を飛び出し、働きながらカリフォルニア工科大学でアメリカの最新技術を学ぶ苦学生。

それが仲根が自分で周囲に語った経歴だ。

だが、探偵《プロ》が調べれば、嘘はすぐにはがれ落ちる。その下から現れ出た顔は——。

仲根晋吾は、日本でも由緒正しい貴族の家の一人息子だった。彼の父親は日本の政界と通じており、莫大な資産を有する〝ザイバツ〟と呼ばれる一族の一人だ。だが仲根晋吾は、自分が生まれながらの貴族であり、また金持ちであることを嫌って、〝自由の国アメリカ〟に単身飛び出してきた。社会主義思想にかぶれた昨今の若い世代にありがちな無茶な振る舞いだ。だが、いずれ彼が日本に帰って家を継ぐことは、本人も、また周囲も了解済みだ……。

報告書の中でクーパー氏が最も感銘を受けたのが、仲根が〝日本でも由緒正しい貴族の家の一人息子〟という点であった。およそアメリカ人の金持ち連中ほど、貴族に対して屈折した憧れとコンプレックスを抱いている人種はいない。実際クーパー氏は、三人の娘たちをわざわざヨーロッパに送り、社交界でデビューさせるために多額の金を使っている……。

鼻持ちならない俗物。だとすれば、コントロールすることは容易だった。

二重偽装《ダブル・カバー》はそもそも、対象当人《ターゲット》よりはむしろ、対象の父親に対して準備されたものなのだ。その意味でもメアリーは正に、おあつらえ向きの対象だった。

わざとばれやすく作った一段目のストーリー。

その嘘をひっぺがすと二段目のストーリーが現れる。

二重偽装の要点は、暴く側にあくまで自分で見つけたと思わせることだ。人間は自分で組み立てたものを可愛がる。ジグソーパズルの最後の断片を渡して、自分で絵を組み立てたと錯覚させる。そのことによって、二段目のストーリーには絶対的な信憑《しんぴょう》性が生まれる。それが一見どんなに馬鹿げたものであったとしてもだ。

警察の取り調べ室で嘘発見器にかけられている仲根を見てクーパー氏が急に怒り出したのも、仲根の嘘を他の者たちに知られたくないからだ。人は自分で見つけた、自分だけが知っている秘密に対して、執着し、独占しようとする。

クーパー氏が相変わらず〝二段目のストーリー〟を信じていることは、先ほどラジオ型盗聴器を通じて聞こえてきた警察署長との会話で確認できた。

メアリーと結婚したことによって、仲根はクーパー氏という地元有力者の後ろ盾を得た。その利点は、今回の一件でも明らかだ。もしクーパー氏の介入がなければ、警察が仲根を釈放したとは思えない。

他国での長期潜入任務を命じられたスパイは、周囲の者たちの信頼をかち得、また疑惑の念を抱かせないよう、現地で妻を娶《めと》り、家族を作る。そして任務終了後は直ちに、妻にも、家族にも一言も告げず、ある日忽然《こつぜん》と姿を消すことになる。

〝家族の絆《ファミリータイズ》〟など初めから存在しない。

誰も信じる者のいない、絶対の孤独の中の任務だ。

それが嫌なら、初めからスパイになどならなければ良い。自分にはそれが出来ないことを認め、安穏としたぬるま湯の人生を楽しむことが可能ならば――。

不意に、一つの顔が脳裏に浮かんできた。

色白、細面の若い男の顔。伏し目がちな目は驚くほど睫毛《まつげ》が長い。女のように紅い唇。口元にはいつも人の良さそうな、優しげな笑みが浮かんでいる。

ウミツバメ――ミズナギドリ目ウミツバメ科、外洋性海鳥、夕刻営巣地に帰還。

ミソサザイ――スズメ目ミソサザイ科、つがいで飛来、短い尾を左右上下によく振る、声美しい。

ハヤブサ――タカ目ハヤブサ科、高空より急降下、狩り途中で飛び去る。

仲根は手元の野鳥観察記録に目を落としたまま、表情の消えた顔で低く呟いた。

——兄さん、あんたはどうなんだ？　あんたには、いったいどんな風にこの世界が見えているんだ……。

6

偶然《アクシデント》。

それはスパイにとって最も忌むべき言葉の一つだ。

すべての行動は計算された必然でなければならない。メアリーとの出会いがそうであるように、すべての出来事は、結果から振り返って、計算された必然の中へと取り込まれなければならなかった。

だが、それでもやはり、偶然は不意打ちのように訪れる。

仲根がアメリカで兄と出会うことになったのは、まったくの偶然だった。

あの日——。

結城中佐から渡された命令書の中には一点、他の任務には見られない、奇妙な内容が含まれていた。

〝情報担当官同士の現地での接触〟である。

スパイは通常横のつながりをもたない。報告は常に縦に行われる。スパイをつなぎ止めているのは、スパイ・マスターにつながる一本の細い糸だけだ。万が一〝事故〟が起きた場合は、その糸は容赦なく断ち切られる。そうすることで、被害を最小限に抑えるのだ。

絶対的な孤独と簡単に使い捨てられる恐怖。その感情に打ち勝つことが、スパイに求められる最低要件だ。まして異なる組織に属する情報官《スパイ》同士が潜入先の地で情報を交換し合う事態は、通常ではまず考えられない。だが、今回の任務の場合は——。

外務省が〝東〟の縄張りを頑強に主張した。外務官僚の中には、昨今の軍部の独走に危惧《きぐ》を抱く者も少なくない。既得権益の確保。それが官僚の本能である以上、なりふりかまわぬ命懸けの抵抗は必至だった。彼らと正面から事を構えるのは得策ではない。

一方で、外務省に情報収集を一任したのでは、現地の重要情報が秘匿され、あるいは彼らにとって都合よく加工された形でしか情報が出てこない可能性が高い。

そこで結城中佐は〝東〟の管轄を外務省に譲るに際して、一つの条件を引き出した。

情報担当官同士の現地での接触。

それぞれの担当官が現地で収集した情報を直接交換する。

無論、外務省側の担当官が集めた情報をすべて渡すとは限らない。それを判断し、探り出すこともまた、仲根の任務に含まれていたのだ。

一回目の接触《ランデブー》は、二年前の冬のワシントンで行われた。

チャイナタウン地区にある中華料理店《チャイニーズ・ランターン》。

外務省側の担当官は、仲根が潜入任務を開始した直後にワシントンに配置になった二等書記官だという。

アメリカ連邦捜査局――FBI――は昨今〝好ましからざる外国人〟すべてに尾行をつけている。日本の大使館職員は全員がその対象となるわけだ。

――どうせ素人だ。FBIの尾行者をまいて来ることなど出来やしまい。

そう判断した仲根は、念のため華僑《かきょう》の偽装で店で待っていた。

待ち合わせの時間ちょうどにドアが開いた。店に入ってきたのは、小柄な、痩せた若い男だった。毛糸の襟巻きに顎《あご》を埋《うず》め、外套《がいとう》のポケットに深く手を突っ込んでいる。込んだ店内には日本人客も少なくなかったが、彼は店内をろくに見回すこともせず、店の奥にまっすぐに進むと、仲根と背中ごしの椅子に腰をおろした。店員に温かい飲み物と軽食を注文した後で、彼は自分から仲根に声をかけた。

――やあ、待たせたね。

指向性を絞った低い声。ただでさえざわめいている店内では、よほど耳を澄まさない限り他の者には聞こえないだろう。

男が店に入ってきた瞬間から呆然としていた仲根は、その時点でようやく我に返った。

接触相手は外務省の下級官吏だと聞いていた。スパイの訓練など、当然受けていないはずだ。それなのに、なぜ仲根の偽装を一目で見抜けたのか？　しかも、発声法はスパイ特有のものだ……いや、そんなことはどうでもいい。そんなことより、まさか彼は……。

兄さん？

仲根は喉元《のど》まで出かかった言葉を危うく呑み込んだ。

幼い頃の記憶。まだ三つか、四つの頃だ。

ある夏の日、母に教えられて、一度だけ遠くから父の姿を見たことがある。

――あれが、あなたのお父様。あれがあなたのお兄様。

柳橋で芸者をしていた美しい母が亡くなったのは、それからしばらくしてのことだ。

男の子の手を引いた男を指さしながら、母は耳元でそっと囁いた。

父親が誰だったのか、名前は結局知らされないままだった。

接触相手である外務省の二等書記官〝蓮水《はすみ》光一《こういち》〟が店に入って来るのを見た瞬間、仲根の脳裏にあの夏の日の記憶が鮮やかに甦《よみがえ》った。実を言えば、一瞬、父が店に入って来たのだと錯覚した。それほど彼は、記憶の中の父の顔と似ていたのだ。だが――。

年齢から考えても、父であるはずがなかった。

とっさにそう判断すると同時に、もう一つの顔を思い出した。父にそっくりな、もう一つの顔——腹違いの兄。

あの時、父に手を引かれていた少年に違いない……。

仲根はすぐに冷静さを取り戻し、本来の任務である情報交換を手短に済ませた。投函所《ドロップポイント》を決め、次回の接触日時《ランデブー》を取り決めた。

動揺を相手に悟られたとは思えない。

が、その後も蓮水には接触のたびに何かと驚かされた。

二度目の接触以降も、二人は一度も正面から顔を合わせることなく、込んだカフェで背中合わせに、あるいは公園の噴水の縁に隣り合わせに座った他人同士が装われた。

蓮水は指定された接触場所に必ず時間どおり、完璧《かんぺき》に尾行をまいて現れた。しかも、仲根がどんな偽装を凝らしていても一目で見抜き、戸惑うことがなかったのだ。

同じD機関の者なら兎《と》も角《かく》、外の人間にそんなことが出来るとは思ってもいなかった。

交換情報についてもそうだ。

蓮水は現在のアメリカの国力を恐ろしいまでに精確に分析していた。

鉄鉱、石炭、石油、その他非鉄金属、さらにはゴム、棉花、羊毛といった資源の保有量。あるいは船舶、自動車、航空機の生産量や進水トン数。鉄鋼の生産量から衣類食料品に至るあらゆる産業情報を、蓮水は精確に把握し、そこからアメリカの国力を多面的に弾《はじ》き出してみせた。

しかも彼は、それだけのことをすべて、アメリカ国内で一般に公表されている数字データのみを元に分析していたのである。

「別に驚くようなことじゃないさ」

背中ごしに、蓮水が肩をすくめる気配が伝わってきた。

「この国じゃ、色んな経済雑誌が自由に手に入るからね。ウォールストリート・ジャーナル、ユナイテッドステイツ・ニュース、ワールドリポート、フォーチュン、それにイギリスで出ているエコノミストなんかも……。その他にも新聞や統計年鑑を見れば、大体のところは誰でもわかる仕組みになっている」

だが、数字は所詮《しょせん》数字だ。些細なありきたりの情報を全体の状況と組み合わせ、それが何を意味するのか正確に理解できる者は——学者や政治家を含め——ほとんどいない。

「二〇対一、といったところかな」

蓮水は仲根の質問に何でもないように答えた。

現時点でのアメリカと日本の国力比だ。

「つまり、もし両国の間で戦争になった場合は、各戦闘における日本側の損害は常に相手の五パーセント以内に収めなければならないということだね。もちろん現実にはそんなこと……」

肩をすくめた。

わざわざ数字を挙げて指摘されるまでもなかった。

先年、欧州列強の間で行われた大規模な国際紛争——所謂《いわゆる》〝第一次世界大戦〟において、それまで人類の歴史上長く〝戦争〟と呼ばれてきた行為が、いつの間にか似ても似つかぬものに変質していたことが明らかになった。

戦争はもはや〝男たちが戦場において己の信じるもののために命懸けで戦う〟などといったロマンティックな代物ではありえなかった。そんな幻想が入り込む余地は欠片《かけら》も残ってはいなかったのだ。

そこでは〝戦闘員〟と〝非戦闘員〟、あるいは〝前線〟と〝銃後〟の区別は存在しなかった。男も女も年寄りも子供も区別なく、その国に属するすべての人間、すべての産業、すべての生産行為が、顔の見えない敵の国民を殲滅《せんめつ》するために動員される総力戦。あるいは、国家と国家が互いに総力をあげ、相手の国民を皆殺しにするまで続けられる即物的な暴力行為——。

それが新しい〝戦争〟なのだ。

「今のところ、アメリカが自分からこの戦争に参加する可能性は低いと思う」

何回目かの会合の際、蓮水はとくに興味もない様子で言った。

「ドイツとの戦争に苦しんでいるイギリスは、何とかしてアメリカをこの戦争に巻き込もうとしているようだがね。アメリカの世論は今のところ戦争参加を拒否している。『旧世界の戦争になぜ自分たちの息子たちを送らなければならないのか？』それがアメリカ世論の主張だ。先日の大統領選挙演説でも、候補者はこぞって戦争参加に否定的な論調だ。そうしないと票が伸びないという判断だね。良くも悪くも民主主義的なのさ。何か――決定的な何かが起きない限り、世論の流れは変わらないよ」

的確に状況を分析してみせる蓮水の言葉を聞きながら、仲根は会うたびに、内心密かに驚きを強くしていた。

蓮水は毎回同じ恰好《かっこう》で現れた。

寒い間は決まって、流行遅れの野暮ったく見える年代物の厚手のコート。暖かくなってからは、仕立ては良いが幾分くたびれた濃紺のスーツ。襟元に覗く白いシャツは常に清潔だったが、自分でアイロンをあてた様子が窺《うかが》われた。――要するに、すべてに品は良いが、生活のための現金が不足しているのは明らかだった。

二等書記官としての蓮水の給与は、日本国内でならともかく、このアメリカで生活していくには決して多いものではない。

仲根は一度遠回しに資金の援助を申し出たが、やんわりと断られた。

「公務員が賄賂《わいろ》を受け取るわけにはいかないよ」

冗談めかしてそう言うと、周囲には気づかれない程度に軽く肩をすくめた。だが――。

仲根にとって蓮水はもう一人の自分《ドッペルゲンガー》――有り得たかもしれない、もう一つの人生だった。

蓮水が、D機関の者たちと比べても少しも遜色無い才能の持ち主であることは間違いない。

その彼がなぜ、日本の外務省などという卑小な組織の中で小役人の役割を平然と演じ、無能な上司にこき使われながら、しかもそのことにすっかり満足していられるのか？　大使となるためには莫大な金と家柄が必要だった。蓮水がその条件をいずれも欠いていることは調査で判明していた。上はすでに頭がつかえている。蓮水が将来大国の大使の座につく可能性は極めて低いだろう。それがわかっていながら、蓮水は本心からこの世に不満足など何一つ感じていないかのように見える……。

仲根にはそれが何としても理解できなかった。

蓮水は、仲根がもたらす情報をひどく面白がった。

例えば、西海岸での日系人に対する反感の高まり。そこでは、理不尽な偏見が幅を利かせ、〝イエロー・ジャップ〟の蔑称が急速に広まりつつあった。幾つもの途方もないデマがどこからともなく現れ、人々の間で囁かれている。曰《いわ》く、

――日本人庭師はホースの中に短波送信機を隠している。

――日本人農家の花畑は空から見ると空港への方向を示す矢印になっている。

――日本企業の新聞広告には暗号文が隠されている。

――日本人漁村の各戸に並ぶ高い竿《さお》はアンテナとして短波交信に使われている。

……………。

「とても同じ国とは思えないな。東と西じゃ、この国は大分様子が違っているようだね」

蓮水は喉の奥で低く笑ってそう言うと、隣に座った仲根に一瞬ちらりと目をやった。

「君は、いつもどうやってそんなに色んな情報を得ているんだ？　まさか新聞や雑誌の記事をスクラップしているだけじゃあるまい」

黙っていると、微かに肩をすくめて話題を変えた。

「まあいいさ。それより、気になることを小耳に挟んだんだが……」

7

仲根は耳を疑った。

日本の外務省が採用した最新型暗号の極秘情報が漏れた。しかも、その情報の受け渡しが、近々ロサンゼルス在住の日系人の手で行われるらしい、というのだ。

「元々はどうも、本省《うち》の上の人間の……何と言うか、ちょっとした手違いが原因のようなんだがね……」

蓮水は目を伏せ、とりなすように言った。

この期に及んでなお、彼は小役人として、あくまで組織を守るつもりなのだ。が、仲根にとってはもはやそんなことはどうでも良かった。蓮水の話が真実なのだとすれば、その意味するところは――。

モグラ《モール》。

仲根が組織したロサンゼルスの日系人協力者網の中に、〝モグラ〟と呼ばれる敵の二重スパイ《ダブル・エージェント》が紛れ込んでいるということだ。

屈辱だった。

何が原因にせよ、知らぬ間に自分の目と鼻の先で極秘情報の受け渡しが行われる。

そんなことを断じて許すわけにはいかなかった。モグラの正体を暴き、証拠を押さえ、かつ情報が誰の手に渡るはずなのか知る必要がある。

問題は、情報漏洩《ろうえい》元である外務省では関係者の名前も受け渡し方法も一切わかっていない――あるいは、わかっていても情報を外に出すつもりはない――ということだった。すべての者、すべての行為が疑わしいことになる。仲根一人で、一日二十四時間、ロサンゼルス在住の日系人協力者をすべて監視し続けるのは不可能だ。それでも――。

「……処理をお願いしていいかな?」

低く尋ねられた問いに、仲根は無言で頷いてみせた。

あれから二週間。

仲根は辛抱強く待ち続けた。

二重スパイ、あるいは〝モグラ〟と呼ばれる者たちの間には、きまってある特定の傾向が存在する。

普段は一つの陣営のために密かにスパイ行為を働きながら、同時に利害を異にする別の陣営に対してより利益をもたらす情報を提供する。

およそまともな神経の人間が続けられる仕事ではない。

結局のところ、二重スパイとは〝裏切ること〟〝出し抜くこと〟が自己目的化した連中なのだ。多くの二重スパイがそうであるように、ロサンゼルスの日系人協力者の間に潜むモグラもまた、必ずや仲根を出し抜けると考えるはずだ。自分だけは絶対に見抜かれない、と。

だとすれば彼はむしろ、敢《あ》えて仲根の目の前でこそ受け渡しを成功させようとするに違いない。

〝モグラ狩り〟に必要なのは忍耐力だ。不用意に騒ぎ立てれば、モグラは取り引きを中止して、たちまち土の中にひっこんでしまう。だが、こちらが息を潜め、気配を消して待っていれば、彼は必ず自分から顔を出す。

仲根は待った。

慎重に対象を絞り込み、彼らの監視を続けた。

息を殺し、ひたすら待ち続けた。

そしてついに、その努力が報われるときがきた。

昨日——。

仲根は何も双眼鏡で鳥を見ていたのではない。

ヒタキ、アメリカムシクイ、ホオジロ、ウミツバメ、トウヒチョウ、ミソサザイ、ツグミ、ハシボソキツツキ……。

ノートに記された鳥の名前はすべて、仲根が組織した協力者一人ひとりに与えた暗号名だ。仲根は鳥の生態観察を装いつつ、協力者たちの行動を逐一記録していたのだ。

海沿いの公園を見下ろす丘の上から、高性能の双眼鏡を覗く姿を不自然に思われないバードウォッチングは、スパイにとっては願ってもない隠れ蓑《みの》だった。

仲根がメアリーと結婚したのも――一つにはクーパー氏という強力な後ろ盾を得るためだったが――加えて、彼女と一緒なら、この街でバードウォッチングを始めたとしても周囲から不自然に思われないと判断したからだ。

仲根はメアリーに近づき、結婚することで、彼女の趣味であったバードウォッチングを、あたかも昔から自分のものであるかのように周囲に錯覚させ、毎日双眼鏡を覗き見る恰好の口実を得た。

協力者たちは自分が誰に情報を提供しているか知らない。

なぜなら、仲根が指示した通信手段は一風変わったものだったからだ。

――伝えたい情報が有る場合は、新聞を持って海岸沿いに来ること。新聞を持って海岸の公園を散歩し、あるいはカフェでくつろいでいてくれ。

それが仲根の指示だった。

ポイントは協力者が手にしている新聞の日付と曜日だ。

この方法で協力者が伝えられる内容は、三一（日）×七（曜日）の合計二一七通り。

もちろん、それぞれの協力者によって取り決めが異なるので、コントロールする側での突き合わせは面倒だが、そのくらいのことはD機関の人間ならば誰でも平然とやってのける。

協力者には、誰が、どこから、どうやって見ているのかわからない。

手段としては珍しくもない、ありきたりなものだが、協力者に対して心理的な優位を確立し、かつ情報提供者に直接接触しないですむという利点がある。もし必要なら、後で個別に接触すれば良いだけだ。

仲根にとっては日付の異なる新聞を手に公園にやってくる彼らの姿こそが、蓮水にとってのユナイテッドスティツ・ニュースでありフォーチュン誌に相当する、謂《い》わば生きた情報源だったのだ——。

仲根はクシャクシャになった一枚の紙を上着の隠しポケットから取り出し、机の上に丁寧に広げながら、ゆっくりと反芻《はんすう》するように昨日の情景を頭の中に甦らせた。

昨日、彼——暗号名〝ファルコン〟——は、いつもの海辺の公園に一人でやって来た。

ベンチに座り、新聞を広げた。新聞の日付、曜日が伝える情報は〝異常なし〟。月に一度の定期報告だ。それから彼はおもむろに食事を始めた。食べたのはサンドウィッチ。公園からは海を一望できる。十二月に入ったとはいえ、厚手のコートなしですませられるこの土地柄なら特に不自然な行為ではない。

ところが、サンドウィッチを食べている途中、彼は慌てて立ち上がった。道路脇に停めていた車に警官が近寄り、駐禁の切符を切ろうとしているところが見えたからだ。彼は両手を広げ、大声をあげて、警官に抗議した。が、抗議もむなしく、規則どおり切符を切られ、憤慨した様子で立ち去った。

だが、あれはすべて彼の演技だった。

あの瞬間彼は、如何《いか》なる方法かはともかく、何者かがどこかで自分を監視していることを確信していた。だからこそ彼はむしろ、その監視者の目の前で情報の受け渡しを成功させようとしたのだ。

あれだけ大袈裟《おおげさ》に手を振り回し、大声をあげて騒ぎ立てれば、監視者の目は彼の行動に釘付《くぎづ》けになる。

それが目的だった。

監視されているのなら、いっそ自分に注意を集めることで、監視の目を周囲から逸《そ》らすことができる。

彼はそう計算した。

実際、仲根は一瞬彼が起こした空騒《から》ぎに目を奪われた。そして、再び監視の目を戻した時、受け渡しはすでに済んでいたのだ——。

仲根は目の前に広げた紙を前に少し思案し、それから机の上に並べた霧吹きの一つに手を伸ばした。

紙の隅に軽く吹きつける。

黒く浮かび上がってきた文字を見て、仲根は満足げに目を細めた。

手品のネタは、サンドウィッチの包み紙だった。彼はサンドウィッチの包み紙に見えないインクで日本の暗号情報を記して、敵方のスパイに渡そうとしたのだ。

昨日、仲根が公園に双眼鏡を戻した時、ゴミ箱の中から彼が捨てたはずのサンドウィッチの包み紙が消えていた。

見事な手品。素人相手なら十分だろう。だが——。

仲根はすぐに彼のトリックに気づいた。

いや、実を言えば、すぐに気づくことができたのは結城中佐のお陰だ。

D機関での訓練中、結城中佐は学生たちに自分を監視させた上で、同じことをやってのけたことがある。そして、学生たちに暗い目を向け、

──こんなものは所詮小手先の下らぬ手品だ。貴様らは、間違っても自分で試みるんじゃないぞ。

低い声でそう念を押したのだ。

結城中佐は正確に見抜いていた。

プライドの高い者が、目の前の敵を欺き、出し抜くことにいかに快感を覚えるのか。そして、D機関に集められた学生たちもまた、ややもすればその誘惑に──ある種の薬物中毒者が溺れる命取りの快楽に──身を委《ゆだ》ねがちであることを。

お陰で、回収した人物はすぐに特定できた。

この土地では、警官は通常地区ごとに担当を決め、二人組で活動している。ちょうど、通報を受けて仲根を逮捕しに来た時のように、だ。

駐車禁止地区に停めた車のことで大騒ぎをしていた時、彼の相手をしていた制服警官は一人だけだった。相棒は何をしていたのか？　彼が監視の目を引きつけている間に公園に行って、サンドウィッチの包み紙を回収していたのだ。

それだけのことがわかっていれば、後は簡単だった。

仲根は一番近い公衆電話から、匿名で通報した。

──丘の上で双眼鏡を覗いている不審な日本人がいる。あいつはスパイだ。

仲根は味方に売られたわけではない。匿名電話は自分でかけたものだったのだ。

案の定、すぐに制服警官が二人組で駆けつけた。同じ地区、同じ時間帯である以上、同じ二人組だ。

仲根は逮捕され、警察署に連行された。パトカーで連行される間、仲根は制服警官の一人の内ポケットに目指す包み紙が収まっていることを確認した。そこで、車を降りる瞬間、わざとよろめいて体を寄せ、彼の内ポケットに入っていた紙を素早く抜き取って、代わりの包み紙に差し替えた……。

彼がゴミ箱に捨てた包み紙は、海沿いに並ぶサンドウィッチ店のものだった。そこで仲根は、電話をかけるために丘を降りたついでに同じ店に立ち寄り、同じ商品を買い求めた。包み紙を手に入れるために、だ。警官のポケットから抜き取った方は、万が一身体検査を受けても見つからないよう、上着の二重生地の間に忍ばせた。

仲根を殴りつけたあの制服警官は今頃、持ち帰ったサンドウィッチの包み紙にあれこれ試薬を塗布して首を捻《ひね》っていることだろう。包み紙には何の文字も浮かび上がらない。そこには、もともと何も書かれていないのだから。

疑惑は〝ファルコン〟に向かうはずだ。

敵方は〝ファルコン〟が裏切った――もしくは連絡手段をミスした――そう考える。結果、敵の二重スパイ〝ファルコン〟は、仲根が指一本触れることなく、この地から〝消える〟ことになる……。

仲根はそう考えて、一瞬顔をしかめた。

〝ファルコン〟の身を哀れんだわけではない。敵の二重スパイ《モール》一匹退治するためにしては、自分が払った犠牲がいささか大きすぎた気がしたのだ。

――スパイは疑われてはいけない。

D機関では、最初にそうたたき込まれる。

スパイは〝見えない存在〟であること。徹頭徹尾目立たない、一市民であることが理想だ。しかし――。

今日この国《アメリカ》の西海岸では、もはやすべての日本人、のみならずアメリカ国籍を持つ日系人までが全員、理由もなくスパイ扱いされている。ならば、この際いっそスパイ容疑で捕まり、その上で容疑を晴らした方が、その後の活動に何かと便利だ――そう考えての行動だった。

仲根が今回、わざと捕まった理由がもう一つあった。

最近FBIが開発したという最新の嘘発見器《ポリグラフ》の精度確認だ。

まさか銃を頭に突きつけられるとまでは思っていなかったが、成果はあった。

嘘発見器は簡単に騙せる。

少なくともD機関で訓練を受けた者であれば、口の中をからからにして怯えたように見せかけたり、あるいは心拍数や発汗量を自分でコントロールすることなど、苦もなくやってのけられる。

あの程度で〝嘘発見器〟とは笑わせるが、アメリカ人は子供の頃から嘘をつくなとたたき込まれて育つ。病的なほど嘘がつけないアメリカ人にとっては、あの程度で充分なのだろう。

モグラを特定し、かつ証拠を回収した。さらに敵の受け渡し役が制服警官の中に紛れ込んでいることまで突き止めた。日々のバードウォッチングは難しくなってきているが、これでしばらくは時間を稼げるはずだ。

――あれこれ考え合わせれば、まずまずといったところか……。

仲根は戸棚から高級ウィスキーのボトルを取り出し、グラスに注いだ。この一口が、二週間に及ぶ人知れぬ努力に対しての、自分なりの報酬だった。

仲根はほっと一息つき、ふとあることを思い出して眉を寄せた。

しばらくこの一件に掛かりきりになっていたが、考えてみれば、十日ほど前から蓮水からの連絡が途絶えていた。前回会った時、胸を病んでいるような嫌な感じの咳《せき》と、妙に熱っぽい目をしているのが気になったのだが――。

ノックの音が聞こえ、返事を待たずにドアが開いた。

振り返ると、逆光の中に妻のメアリーが立っていた。

「おや、まだ休んでいなかったのかい？」

仲根は危うく不機嫌に聞こえかねない語調を押し隠して言った。

「珍しいね。きみが返事も待たずにドアを開けるなんて。家の中でもお互い礼儀《マナー》は守るようにしなくっちゃ……」

「あなた……」

メアリーが仲根の言葉を途中で遮り、ひどく掠《かす》れた声で言った。よろめくように一歩部屋の中に足を踏み入れた彼女の顔は、見れば真っ青だ。

「どうしたんだい？」

「警察が……」

「警察？　馬鹿な。ぼくはたったいま釈放されてきたばかりだぜ。それなのに、警察がなぜまた……」

「違うの、あなた」

メアリーがすっかり血の気の失《う》せた青い顔で、ゆるゆると首を横に振った。

「どうかラジオを……ラジオでいま……」

妻の青い顔に視線を据えたまま、仲根はラジオのスイッチに手を伸ばした。

チャンネルは、合わせるまでもなかった。

どのチャンネルでも、アナウンサーが興奮した声で日本軍がハワイの真珠湾を攻撃したことを告げていた。

8

――卑怯な騙し討ち《トレチャラス・アタック》。

ラジオのアナウンサーは何度もその言葉を繰り返した。チューナーを回し、チャンネルを変えてみたが、どの局のアナウンサーも判で押したように同じ言葉を繰り返している。まるで予《あらかじ》め用意していたかのように……。

――いや、おそらく言葉は事前に用意されていたのだ。

仲根は、きつく唇を嚙《か》み締めた。

アメリカは、日本軍が真珠湾に奇襲攻撃を仕掛けることを事前に知っていた。しかも、宣戦布告がその後になることも。

ロサンゼルスのモグラは仲根が潰した。

だが、日本の外務省の暗号情報は別ルートからとっくに盗まれていたのだ。アメリカに。あるいは、この戦争へのアメリカの参戦を強く望むイギリスに。

彼らは日本側に宣戦布告なしの奇襲計画があることを知って、それを逆利用した。

――卑怯な騙し討ち《トレチャラス・アタック》。

アメリカ人は子供の頃から嘘をつくなとたたき込まれて育つ。

彼らにとって〝卑怯《ひきょう》な騙し討ち〟は、他国の者――例えば日本人が思うより遥《はる》かに嫌悪感をもたらす言葉なのだ。

世界は言葉によって意味づけられる。

――今のところ、アメリカが自分からこの戦争に参加する可能性は低いと思う。

耳の奥に、蓮水の言葉が甦る。

「アメリカの世論は今のところ戦争参加を拒否している。……決定的な何かが起きない限り、世論の流れは変わらないよ」

決定的な何か。

例えば、卑怯な騙し討ち。

日本軍による今回の奇襲作戦は、建国以来嘘をつくなと教えられてきたアメリカ国民の反発を招くことは必至だった。その行為はしかも〝卑怯な騙し討ち〟という一つの言葉に集約され、ラジオを聞く者たち、新聞を読む者たち、あるいは政治家の演説に耳を傾ける者たちの脳裏に、はっきりと刻み込まれる。その結果は――。

アメリカの世論はこれで覆る。

戦争参加を拒んでいたこの国の一般の人々は、今後は口々に日本と戦うことを自ら叫び始める。〝卑怯な騙し討ち〟をした相手との戦争を回避することは、彼らにとってはもはや〝臆病《おくびょう》な〟〝およそ許されざる行為〟へと変わってしまったのだ。

世論に後押しされたアメリカの政治家たちは、喜々として日本との戦争に踏み切るだろう。そんなことになれば――。

二〇対一。

蓮水は以前、アメリカと日本の国力の違いを冷静に分析してみせた。そして、

「もし両国の間で戦争になった場合は、各戦闘における日本側の損害は常に相手の五パーセント以内に収めなければならないということだね。もちろん現実にはそんなこと……」

不可能だ。

仲根はゆるゆると首を振った。

そう、そんなことはもちろん絶対に不可能なのだ。

早晩、日本はアメリカとの戦争に敗れるだろう。

戦争は始まった時点ですでに勝敗が決している。歴史上、外交上の失敗を軍事行動によって取り返し得た例《ため》しはない。軍事行動を含む外交戦略は、ちょうど日本の居合術と同じように、刀が鞘《さや》の中にある間が勝負なのだ。

だからこそ、結城中佐は周囲の反対を押し切って陸軍内にD機関を設立し、スパイを養成した。そして、平時におけるスパイ技術を教え込んだ――。

死ぬな、殺すな。

それが、仲根たちがD機関で最初にたたき込まれた第一戒律だった。およそ人の死ほど周囲の者たちの関心を集めるものはなく、だからこそ〝見えない存在〟であるべきスパイにとっては自殺及び殺人は最も忌むべき行為なのだ。

だが、一度《ひとたび》戦争が始まれば世界は裏返る。

戦争中、死は人々の日常となる。相手を殺すこと、あるいは相手に殺されることの方が、むしろ当たり前になってしまうのだ。

その状況は、仲根たちスパイの活動停止を意味していた。

なぜなら、敵地アメリカに潜入した日本人スパイは、いくら巧みに偽装しようとも、単に敵国人《にほん》であるという理由で常時監視され、あるいは拘束されてしまうのだから。

そこでは、スパイが〝見えない存在〟であり続けることは不可能だ。

否、スパイだけではない。開戦後はアメリカ在住の日本人、さらにはアメリカ国籍を持つ日系二世、三世たち全員が当局の監視を受け、拘束され、あるいは国外追放を命じられることになるだろう……。

仲根がこの三年間、苦労して全米のみならず中南米地区にまで張り巡らした目に見えぬスパイ網は壊滅する。仲根のスパイ活動はすべて烏有《うゆう》に帰したのだ。

だが、それは仕方がない。そんなことは単なる事実だ。問題は――。

仲根は顔を伏せ、きつく目を細めて、思考の糸を彼方《かなた》へと伸ばした。

——なぜ事前に連絡がなかった？

理由がわからなかった。

日本軍による真珠湾への〝卑怯な騙し討ち〟は、しかしD機関では、あるいはワシントンの日本大使館では、事前に情報を把握していたはずだ。

もし事前に連絡を受け取ることが出来れば、仲根はこれまでの活動成果を少しでも救う手を打てたはずだ。日本の結城中佐から、さもなくばワシントンの蓮水から、なぜ連絡が届かなかったのか？

あることに思い当たり、顔をあげた。

先日、欧州で事故があったと聞いた。まさか結城中佐の身に何か……？

泳いだ視線が、机の上の新聞に止まった。

今朝届いたばかりの日本人向けの新聞。家政婦がいつものように仲根の机に置いたものだ。そう言えばまだ目を通していなかった……。

目を見張った。

新聞の隅に、ごく小さな、うっかりすると見落としそうな短い記事が出ていた。

日本大使館に勤務する二等書記官蓮水光一氏（二九）が昨夜遅く入院先の病院で死亡した。蓮水氏は今月一日午後、勤務中に吐血して病院に運ばれたが意識不明の状態が続いていた。葬儀の予定は……

——蓮水が……兄さんが……死んだ？

あっ、と思わず声が出た。

自分がミスを犯したことに初めて気づいた。

通常であれば十日も連絡が途絶えたままにしておくはずがない。相手が蓮水だったから——彼が腹違いの兄、もう一人の自分だったからこそ、油断したのだ。彼が失敗するはずはない、そう思った。それより、蓮水から依頼された案件を片付けることに夢中だった。一刻も早く片付け、蓮水に感心してもらいたい。そう思った……。とらわれていた。

蓮水に——否、己の過去にとらわれたミスだ。

幾つもの仮説が泡のように頭の中に浮かんだ。もし日本大使館が蓮水が倒れたことを本国に秘密にしていたのなら……もし結城中佐が欧州での事故処理に忙殺されていて……そしてもし仲根への連絡を蓮水に依頼していたのだとしたら……。

何物からも超越した結城中佐の顔。

記憶の中、魔王と呼ばれた男の顔が、ぐにゃりと歪み、渦を巻き、闇の中に吸い込まれていく……。

開いたドアの前に立ち尽くすメアリーを押しのけるようにして、二人の見知らぬ男が部屋に入ってきた。男たちは仲根の顔の前に一枚の紙を広げ、声に出して内容を読み上げはじめた。

仲根は、だが、もはや男たちの言葉を聞いてはいなかった。目の前の何物も見てはいなかった。

――破滅を告げる巨大な黒い鳥が大きく羽を広げ、闇の中にふわりと浮き上がる。

命じられるまま差し出した両手に、カチリと音がして、冷たい手錠がかけられた。

特別収録　眠る男

1

その日、サム・ブランドは、自宅に届いた郵便物の中に一枚の絵葉書を見つけて、動きを止めた。

荒涼たる海辺の風景のスケッチ画。

裏を返すと、癖のある金釘流の文字が並んでいた。

ハロー、サム。元気かい？

こちらは相変わらず酷《ひど》い天気だ。

エリーによろしく。アンクル・ニック。

ロンドンから遠く離れた海辺の町に一人で住むニック小父《アンクル・ニック》さんからは、時々、思い出したように絵葉書が届く。いつも判で押したように同じ文面だ。だが——。

「どうしたの、パパ？」

振り返ると、五歳になる娘のエリーが小首を傾げるようにして見上げていた。ごく薄い色の真っすぐな髪を肩まで伸ばし、ぱっちりとした大きな目。灰色の瞳。長い睫毛《まつげ》。頬には愛らしいえくぼが浮かんでいる。

ブランドは、娘の上に死んだ妻の面影を重ね見て、覚えず目元を緩ませた。

――だんだん似てくる。きっと美人になるだろう。

「ねえ、パパ。どうしたの？　恐い顔してたよ」

ブランドは無言で首を振り、片手で娘を抱き上げた。父親の逞しい腕に抱かれたエリーが、目ざとく絵葉書を見つけた。

「あっ、アンクル・ニックからのお手紙だ！　わたしにも見せて」

たちまち小さな手に絵葉書を奪いとられた。エリーは、最近ようやく読めるようになった文字を一つ一つ指で追った。

「ハ、ロー、サ、ム。げ、ん、き、かい？……エ、リー、に、よ、ろ、し、く」

「えらいぞ、エリー。よく読めたね」

褒めてやると、エリーの顔にパッと自慢げな色が浮かんだ。

「アンクル・ニック、アンクル・ニック、悪魔のおじさん《オールド・ニック》。エリーによろしく、アンクル・ニック！」

でたらめな節をつけて歌うように繰り返していたが、絵葉書を顔の前に持ってきて、首を傾げた。

「あれっ、変なの。これ、逆さまだよ？」

絵葉書の隅に貼られた一ペニー切手。そこに描かれた王ジョージ六世の肖像が逆さまだった……。

「ねえ、パパ。いつか会えるかな？」

エリーが、じっと絵葉書を見つめながら尋ねた。

「会える？　誰に？」

「アンクル・ニックに、だよ」

「……ああ、そうだな。いつかね」

ブランドは言葉を濁し、娘を床におろした。ブランドが無口なのはいつものことだ。

エリーは気にする様子もなく、すぐに父親の大きな背中にじゃれつき、ジャンプして首にぶら下がった。

ブランドは背中を揺すっておんぶし直してから、肩越しにエリーに言った。

「パパはもうお仕事に行く時間だ。夕方にはおばあちゃんが来てくれるから、それまで良い子にしているんだぞ」

「はーい」

背中に娘の体温を感じながら、ブランドはこの子だけは何があっても守り抜こうと、改めて心に誓った。エリーをどんな危険にも決してさらすまい。
そのためには、たとえ己の魂を悪魔に売り渡すことになったとしても、少しの悔いも感じなかった……。

2

三年前——。

当時二歳だったエリーが、食事中、突然テーブルに突っ伏すように倒れて、意識を失った。

慌てて運び込んだ掛かりつけの小さな医院で、幸い意識はすぐに回復したが、詳しく診断した医師は首を振って言った。

「どうも、心臓に問題があるようです」

それから、カルテをちらりと見て、こう付け足した。

「奥さんと、同じ症例ですね」

聞いて、ブランドは黙り込んだ。

最愛の妻を——セイラを亡くしたばかりだった。

セイラは、エリーを出産した後床《とこ》につき、回復することなく死亡した。心臓に問題があった。出産は無理だった。そんな話を後で聞かされても、文字どおり〝後の祭り〟だった。

ブランド自身、父の顔をほとんど覚えていない。煉瓦《れんが》職人だった父は、第一次世界大戦に駆り出され、ソンムの戦いで戦死したのだという。その後母は、キングズ・クロスの安アパートに住み、働きながら女手一つでサムを育てた。その母も、サムが十八歳の時に亡くなった。セイラもまた子供の頃に父を亡くしていた。気が合ったのも、お互いの境遇が似ていたからかもしれない。

セイラと結婚して、これで家族ができると思った。だが、思いの外早くセイラは逝《い》ってしまった。ブランドは残された一人娘エリーを、義母の助けを借りながら、ここまでなんとか育ててきた。そのエリーまでを、神は無情にも自分から奪おうというのか……。

ブランドは医師にすがりついた。何とかエリーの命を救ってほしい。そう懇願した。

「それには、一日も早く大きな病院で手術をするしかありません。ただ……」

手術に必要だという金額を聞かされて、ブランドはちょうど医院に駆けつけた義母と顔を見合わせた。

ようやく伍長になったばかりだった。軍隊から支給されるわずかな給料では、とても工面できるような額ではない。ましてや、療養所の受付をしながら慎ましく暮らしている義母に、どうこうできるはずもなかった。

「お金は、何とかします。……少しの間、エリーをお願いします」

ブランドは、もはや無言で手の中のハンカチを揉みしだくばかりの義母にそう言い残して、一人で医院を飛び出した。


嵐の夜だった。

ずぶ濡れになりながら、あてもなく街をさまよった。

学校での成績は、お世辞にも良かったとは言い難い。茫洋とした表情のせいか、周囲からはいつもぼんやりしていると思われ、ついたあだ名が〝眠る男〟。学歴と呼べるほどのものはない。唯一の取り柄は、顔もろくに覚えていない父親譲りの、大柄で、頑強な体だけだった。軍隊に入ったのは、ここならなんとか食っていけると思ったからだ。戦争になればどうせみんな徴兵される。それならいっそ、はじめから金の貰える職業軍人になった方が良い。そう思っていた。だが――。

妻の入院費と葬儀の費用を払うために、わずかな蓄えはすべて吐き出し、その上、借りられるところからはすべて金を借りている。

これ以上は、一ペニーたりとも借りるあてなどなかった。

それから、何処をどう、どのくらいの時間さまよっていたのか覚えていない。気がつくと、場末のバーの片隅に腰を下ろし、強い安酒《ジン》を呷《あお》っていた。

ブランドは普段めったに酒を口にしない。旨《うま》いと思って酒を飲んだこともなかった。その旨くもない酒に顔をしかめながら、ブランドはひたすら神に祈った。

——神様、どうかエリーを助けて下さい。そのためなら何でもやります。だから、神様どうか……。

やがて、視界一面にアルコールの靄《もや》がかかり、意識が朦朧としてきた。

その時、脳裏にふと、こんな思いが忍び入った。

——悪魔でもいい。頼むからエリーを助けてくれ……。

ブランドの祈りは、聞き届けられた。

3

サム・ブランド英国陸軍伍長は、いつものように定刻五分前に配属された建物の前に到着した。

ロンドン西部、ハム・コモン近くにある、頑強さだけが取り柄の陰気な建物だ。何でも元々は、第一次世界大戦中、戦争神経症に罹《かか》った兵士の治療を専門にする陸軍病院として建てられたらしい。

剝き出しのコンクリートの壁。三階建ての建物の窓にはいずれも鉄格子が嵌められ、敷地の周囲には高い塀が張り巡らされている。塀の上には二重に巻かれた有刺鉄線。裏口はなく、出入りするためには正面に設けられた唯一の門を使うしかない。門脇の詰所には常時複数の見張りが立ち、出入りの際は何人《なんぴと》といえども例外なく身体検査を受けなければならなかった。

隔離され、近づきがたく、出入りには厳重な警備。

「すぐに監獄に使える狂人病棟」としてつくられた建物は、その後、英国諜報機関に密かに譲渡され、〝敵性人物の収容施設〟——即ち〝敵国スパイの秘密尋問所〟として使用されていた。

正規の手続きを経て建物内に入ったブランドは、施設スタッフの間にいつにも増してぴりぴりとした緊張感が漂っていることに気づいた。

その足で警護室に赴き、交替手続きを行う。

引き継ぎ書は、全項目〝異状なし〟。

型通りの引き継ぎを終えた後で、ブランドと交替に引き上げるヒューズ勤務伍長が、顔を寄せ、声を潜めて短く言った。

——Mが来ている。〝新入り〟が入ったらしい。

ブランドは一瞬眉をひそめ、顎《あご》をひいて微かに頷いてみせた。スタッフの緊張の理由が、それで理解できた。

M。

英国諜報機関に籍を置く元締め《スパイ・マスター》の一人だ。彼の名前、肩書は、味方である英国陸軍にも明かされず、単に〝M〟と称されている。

スパイをコントロールする卓越した手腕の持ち主で、第一次世界大戦時、ドイツの秘密諜報機関が英国に密かに送り込んだスパイを次々に摘発、逆に彼らを二重スパイとして利用した彼の活躍は、今や伝説にさえなっていた。

――Mは敵のスパイを一目で見抜く〝特殊な目〟を持っている。

そんな噂がまことしやかに流れていた。問題は、〝バジリスクの一睨み〟と言われるその特殊な能力が味方に対しても向けられることだ。

二カ月ほど前、秘密尋問所のスタッフの一人が敵のスパイとして摘発された。もう何年もこの施設に勤める事務員で、ごく物静かな、真面目な人物として周囲に認められていた男だ。当初は誰もが「彼が敵のスパイであるはずがない」と啞然とし、一部の者たちは抗議の署名を集めようとしたほどだった。

だが、Mの取り調べに対して事務員の男は「以前から自分は共産主義者《コミュニスト》であり、かつコミンテルンに対して長年情報をリークしてきた」と自白した。驚いたのは、しかし、それだけではなかった。噂によると――あくまで噂であるが――その後彼は、M

の指揮下で英国のために働く二重スパイとなり、敵の組織に潜入することになったというのである。

敵のスパイを一目で見抜き、立証し、相手の抵抗を無力化して、重要な情報を聞き出す。ひどく怯《おび》えさせ、信頼を勝ち取り、最後にその男を二重スパイに仕立てあげる——それがMの魔術だった。

一方、ヒューズ勤務伍長が口にした〝新入り〟とは、敵のスパイ容疑者を指す符丁だ。

容疑者が捕らえられた事情はわからない。どの陣営のスパイなのかも。だが、Mが直々に取り調べに当たっているとすれば、今度の〝新入り〟も長くは持たないだろう……。

それだけのことがとっさに頭に浮かんだが、所詮ブランドには——スパイも、政治も、コミュニストも——全く関係のない別世界の話だった。

ブランドの任務は、このいささか特殊な施設内外の警備を行うことだ。

求められるのは、政治的な興味を持たず、仕事の内容を一切他言しない寡黙さだ。

さらに言えば、大柄で、必要な時は敵に対して充分に威嚇的になれる資質だった。

陰で「狂人病棟勤め」と呼ばれる秘密尋問所警備任務は、軍隊内で誰もが嫌がる配属だ。昼夜にかかわらず、恐ろしい悲鳴や怒声が施設内に響き渡ることがある。配属されてきた新兵の中には、精神をおかしくして、配属替えになった者も出たほどだ。

ブランドがこの任務について四年になる。

警備スタッフの中では、もはや最古参。

任務には、妻が亡くなった後、自ら希望した。幼いエリーを育てるためには、義母の手助けが必要だった。ロンドンを離れるわけにはいかない。通常、勤務地を選べない軍隊において「狂人病棟詰め」は、唯一配属場所を自分で決められる任務だった。

エリーの病気が判明してからは、昼間シフトに限定してもらっている。そんな無理が言えるのも、他に希望者のいない、誰もが嫌う任務だったからだ。

ブランドは生まれてこの方、政治や思想、あるいはスパイといったものに関心を抱いたことはただの一度もなかった。敵のスパイに対してどんな尋問が行われているのか、気にしたこともない。

任務は任務。

それだけだった。

何日かして「今度の〝新入り〟は、どうやら日本人らしい」と聞かされても、何の感慨もわかなかった。ただ、Mの吸うパイプの匂いが施設内に次第に濃く籠もっていくことに、軽く眉をひそめたくらいなものだ。

Mによる〃新入り〃の取り調べは連日行われていた。

〃新入り〃とは、一度だけ廊下ですれ違った。背後には武装した逃亡防止のためだろう、両手にきつく金属製の手錠をはめられ、表情の読めないのっぺりとした顔。若い兵士が油断なく目を光らせていた。いかにも東洋人らしい、表情の読めないのっぺりとした顔。尤も日本人にしては、あれでも彫りの深い方なのだろう。体付きは、華奢《きゃしゃ》と言っても良いくらいだ。たっぷり二一〇ポンドはありそうな見張りの大柄なイギリス兵に比べれば、まるで大人と子供だった。

──あれが……日本軍のスパイ？

すれ違ってから、ブランドは首を傾げた。

何とも冴えない小男。その上、ひどく憔悴した顔をしている。あんな奴が……？

すぐに首を振った。

いずれにしても、ブランドとは何の関係もない話なのだ。

任務は任務。

自分のやるべきことをやる。

それだけだ。

騒ぎが起きたのは、Mが〃新入り〃の尋問を始めて一週間後──。

ブランドがそろそろ帰り支度を始めた午後遅くのことだった。

4

「……今日は遅かったのね」

アパートに戻ると、義母がひどく疲れた顔で言った。いつも夕方からエリーの面倒をみてもらっているが、義母の職場は早朝からだ。ブランドの帰りが遅くなると、翌朝がつらくなる。

「すみません。帰りがけに、ちょっとしたトラブルがあったもので……」

目を伏せて言うと、義母もそれ以上は聞こうとしなかった。

「エリーは先に寝かせたわ。あなたの分の食事はキッチンに残してあるから」

「ありがとうございます」

礼を言い、義母をドアまで見送った。

キッチンテーブルについて、一人で冷たい食事を始めた。ふと、

――何も犯罪に手を染めたわけじゃない。

そんな妙な考えが頭に浮かんだ。

このところ、誰かが耳元で囁きかけているような気がしてならなかった。一週間ほど前、ニック小父さんから絵葉書を受け取って以来、ずっとだ。

――ねえ、パパ。いつか会えるかな?……アンクル・ニックに、だよ。

エリーに尋ねられて、ブランドは言葉を濁した。

何しろブランド自身、ニック小父さんとは一度しか会ったことがないのだ。どんな顔をしていたのかさえ、覚えていなかった。

嵐のあの夜。

ブランドは普段めったに口にしない酒を呷りながら、神に祈り、そして悪魔に祈った。

――エリーの命を救ってください。そのためなら何でもします。

気がつくと、いつの間にか男が一人、隣に座っていた。黒い影のような印象の男だった。余分な肉など一オンスもない、痩せぎすといっても良いほどの細身の身体……銀色の交じる長い髪を後ろになでつけ、目立たない灰色の背広……なぜか店の中でも両手に革手袋をはめたままだ……。

男は正面を向いたまま、ほとんど唇を動かさずに、何か低い声でブランドに話した。男と何を話し合ったのか、後でいくら考えても、奇妙なことに、ブランドは少しも覚えていなかった。ただ、男のぼそぼそとした低い声の調子が呪文のように耳の奥に残っているだけだ。

次に気がついた時、ブランドは嵐の中を医院に向かって歩いていた。男の姿はどこにも見えず、その代わり、腕の中に見覚えのない古い革鞄があった。

医院に戻ったブランドは、現金が入った鞄を義母に差し出した。「遠縁に当たる親戚の小父さん——アンクル・ニック——がお金を出してくれたんです」そう説明したが、その間もブランドは何だか自分で喋《しゃべ》っているんじゃないような気がしていた。

義母は最初妙な顔をした。が、鞄の中に〝エリーによろしく。アンクル・ニック〟と書かれたメモを見つけて、いくらか安心したようだった。

紹介された大きな病院で、手術は幸い成功した。

エリーの顔色は日増しに良くなり、突然倒れて気を失うようなこともなくなった。

ブランドにとって、最愛の娘の命を救ったのは、掛かりつけの医師でも、難しい手術を成功させた執刀医でもなかった。あの男だ。自分はあの男に魂を売った。もし自分があの男との約束を守らなければ、エリーは死ぬ。そう信じた。

その一方で、あの夜、自分が男と何を約束したのか？ ブランドは何度思い出そうとしても、思い出せないでいたのだ。

だが、アンクル・ニックから届いた絵葉書の隅に、逆さまに貼られた一ペニー切手——王ジョージ六世の逆さまの肖像を目にした瞬間、ブランドの耳元で何者かが囁き始めた。何者かがブランドに任務を——やるべきことを思い出させた。あたかも逆さまに貼られた一枚の切手が、眠る男《スリーパー》を目覚めさせる合図《シグナル》であったかのように。

ブランドは耳元で囁かれる指示に従って、準備を整えた。

まず建物の見取り図を手に入れた……警備の配置……ドアの一つにチョークで妙な印を描いた……壁の上の鉄条網を目立たないよう一部切り取り、それから——。

あの騒ぎが起きた。

今日の午後、日本人スパイが見張りの武装兵士の隙をついて無謀な脱走を企てたのだ。

騒ぎが起きてすぐ、ブランドは耳の奥の声が命じるまま、真っ先に階段を駆け上がった。最上階。予《あらかじ》め妙な印をつけておいたドアにまっすぐに向かう。辺りはまるで蜂の巣をつついたような騒ぎだ。大声が飛び交う。それに応える。勢いよくドアを引き開けると——。


「……パパ」

舌足らずの声に振り返った。

エリーが眠い目をこすりながら立っていた。

「お帰り、パパ。今日は遅かったんだね？　エリー、先にご飯食べちゃったよ」

椅子から下り、逞しい腕で娘を抱き上げた。

エリーは一度しっかりと首に抱きつき、何か思い出したように父親の目をのぞき込んだ。

「今日、ニックおじさんから小包《プレゼント》が届いたんだよ。おばあちゃんに聞いた？」

――プレゼント？

エリーは返事を待たず、裸足で床に飛び降りた。居間に駆け込み、すぐに戻ってきて、茶色の油紙に包まれた小包をブランドに差し出した。

見覚えのある金釘流の文字。まるで利き手と反対の手で、わざと下手に書いたみたいだ。

アンクル・ニックから小包が送られてきたのは初めてだった。

「開けてみていい？」

エリーが目を輝かせて尋ねた。眠気などすっかりどこかに吹き飛んだ様子だ。

苦笑しつつ頷いてみせると、たちまち包み紙を破いて中身を取り出した。

「ご本だ！」

エリーは小さな手につかんで、ブランドの鼻先に突き出した。

赤いクロス張りの一冊の書物。

表紙に金文字で記された本の題名《タイトル》は――。

〝The Life and Strange Surprising Adventures of……〟

気がつくと、ブランドの耳元からあの囁き声が消えていた。あたかもその一冊の本が、今度は眠る男《スリーパー》を再び眠りこませる合図《シグナル》であったかのように。

「ねえ、パパ。このご本読んで」

「今日はもう遅いから、明日にしよう」

「エリーが眠るまで。ちょっとだけでいいから。ねえ、お願い」

手を引っ張られるようにして、ベッドの脇に連れて行かれた。

「本当に、ちょっとだけだぞ」

ブランドはそう言ってエリーの頭を一つ撫でると、娘がもぐりこんだベッド脇に椅子を寄せ、本を開いて、その数奇な冒険物語を読み始めた。

「私ロビンソン・クルーソーは、一六三二年にヨークで生まれた……」

本書は、二〇〇九年八月小社刊行の単行本に、「眠る男」(「野性時代」二〇〇九年十月号掲載)を加え、文庫化したものです。

本作品中には、今日では不適切とされる語句や表現がありますが、
舞台となる時代背景を鑑み、あえて使用しています。（編集部）

ダブル・ジョーカー

柳《やなぎ》広司《こうじ》

平成24年 6月25日　初版発行
平成28年 11月15日　13版発行

発行者●郡司 聡

発行●株式会社KADOKAWA
〒102-8177　東京都千代田区富士見2-13-3
電話 03-3238-8521（カスタマーサポート）
http://www.kadokawa.co.jp/

角川文庫 17405

印刷所●大日本印刷株式会社　製本所●大日本印刷株式会社

表紙画●和田三造

ISBN978-4-04-100328-2　C0193

角川文庫発刊に際して

角川源義

第二次世界大戦の敗北は、軍事力の敗北であった以上に、私たちの若い文化力の敗退であった。私たちの文化が戦争に対して如何に無力であり、単なるあだ花に過ぎなかったかを、私たちは身を以て体験し痛感した。西洋近代文化の摂取にとって、明治以後八十年の歳月は決して短かすぎたとは言えない。にもかかわらず、近代文化の伝統を確立し、自由な批判と柔軟な良識に富む文化層として自らを形成することに私たちは失敗して来た。そしてこれは、各層への文化の普及滲透を任務とする出版人の責任でもあった。

一九四五年以来、私たちは再び振出しに戻り、第一歩から踏み出すことを余儀なくされた。これは大きな不幸ではあるが、反面、これまでの混沌・未熟・歪曲の中にあった我が国の文化に秩序と確たる基礎を齎らすためには絶好の機会でもある。角川書店は、このような祖国の文化的危機にあたり、微力をも顧みず再建の礎石たるべき抱負と決意とをもって出発したが、ここに創立以来の念願を果すべく角川文庫を発刊する。これまで刊行されたあらゆる全集叢書文庫類の長所と短所とを検討し、古今東西の不朽の典籍を、良心的編集のもとに、廉価に、そして書架にふさわしい美本として、多くのひとびとに提供しようとする。しかし私たちは徒らに百科全書的な知識のジレッタントを作ることを目的とせず、あくまで祖国の文化に秩序と再建への道を示し、この文庫を角川書店の栄ある事業として、今後永久に継続発展せしめ、学芸と教養との殿堂として大成せんことを期したい。多くの読書子の愛情ある忠言と支持とによって、この希望と抱負とを完遂せしめられんことを願う。

一九四九年五月三日

柳 広司の好評既刊

ジョーカー・ゲーム

吉川英治文学新人賞＆日本推理作家協会賞W受賞作！

「魔王」——結城中佐の発案で陸軍内に極秘裏に設立されたスパイ養成学校〝D機関〟。「死ぬな、殺すな、とらわれるな」。この戒律を若き精鋭達に叩き込み、軍隊組織の信条を真っ向から否定する〝D機関〟の存在は、当然、猛反発を招いた。だが、頭脳明晰、実行力でも群を抜く結城は、魔術師の如き手さばきで諜報戦の成果を上げてゆく。東京、横浜、上海、ロンドンで繰り広げられる、究極のスパイ・ミステリー。

角川文庫　ISBN 978-4-04-382906-4

柳 広司の好評既刊

パラダイス・ロスト

「ジョーカー・ゲーム」シリーズ第三弾

D機関のスパイ・マスター、結城中佐の正体を暴こうとする男が現れた。英国タイムズ紙極東特派員アーロン・プライス。だが魔王結城は、まるで幽霊のように、一切足跡を残さない。ある日プライスは、ふとした発見から結城の意外な生い立ちを知ることとなる――(「追跡」)。ハワイ沖の豪華客船を舞台にしたシリーズ初の中篇「暗号名ケルベロス」を含む全5篇。緊迫の頭脳戦の果てにある、最高のカタルシスを体感せよ！

角川文庫　ISBN 978-4-04-100826-3

柳 広司の好評既刊

新世界

殺すか、狂うか。

1945年8月、砂漠の町ロスアラモス。原爆を開発するために天才科学者が集められた町で、終戦を祝うパーティーが盛大に催されていた。しかしその夜、一人の男が撲殺され死体として発見される。原爆の開発責任者、オッペンハイマーは、友人の科学者イザドア・ラビに事件の調査を依頼する。調査の果てにラビが覗き込んだ闇と狂気とは――。

角川文庫　ISBN 978-4-04-382901-9

柳 広司の好評既刊

トーキョー・プリズン

探偵小説で切り込む戦後史

戦時中に消息を絶った知人の情報を得るため巣鴨プリズンを訪れた私立探偵のフェアフィールドは、調査の交換条件として、囚人・貴島悟の記憶を取り戻す任務を命じられる。捕虜虐殺の容疑で拘留されている貴島は、恐ろしいほど頭脳明晰な男だが、戦争中の記憶は完全に消失していた。フェアフィールドは貴島の相棒役を務めながら、プリズン内で発生した不可解な服毒死事件の謎を追ってゆく。戦争の暗部を抉る傑作長編ミステリー。

角川文庫　ISBN 978-4-04-382902-6

柳 広司の好評既刊

吾輩はシャーロック・ホームズである

——夏目、狂セリ。

ロンドン留学中の夏目漱石が心を病み、自分をシャーロック・ホームズだと思い込む。漱石が足繁く通っている教授の計らいで、当分の間、ベーカー街221Bにてワトスンと共同生活を送らせ、ホームズとして遇することになった。折しも、ヨーロッパで最も有名な霊媒師の降霊会がホテルで行われ、ワトスンと共に参加する漱石。だが、その最中、霊媒師が毒殺されて……。ユーモアとペーソスが横溢する第一級のエンターテインメント。

角川文庫　ISBN 978-4-04-382903-3

柳 広司の好評既刊

漱石先生の事件簿　猫の巻

書生から見た
「漱石先生」の姿とは!?

探偵小説好きの「僕」はひょんなことから英語の先生の家で書生として暮らすことになった。先生は癇癪もちで、世間知らず。はた迷惑な癖もたくさんもっていて、その〝変人〟っぷりには正直うんざり。ただ、居候生活は刺激に満ち満ちている。この家には先生以上の〝超変人〟が集まり、そして奇妙奇天烈な事件が次々と舞い込んでくるのだから……。『吾輩は猫である』の物語世界がミステリーとしてよみがえる。抱腹絶倒の〝日常の謎〟連作集。

角川文庫　ISBN 978-4-04-382904-0

柳 広司の好評既刊

贋作『坊っちゃん』殺人事件

名作の裏に浮かび上がる、もう一つの物語。

四国から東京に戻った「おれ」——坊っちゃんは元同僚の山嵐と再会し、教頭の赤シャツが自殺したことを知らされる。無人島〝ターナー島〟で首を吊ったらしいのだが、山嵐は「誰かに殺されたのでは」と疑っている。坊っちゃんはその死の真相を探るため、四国を再訪する。調査を始めたふたりを待つ驚愕の事実とは？『坊っちゃん』の裏に浮かび上がるもう一つの物語。名品パスティーシュにして傑作ミステリー。

角川文庫　ISBN 978-4-04-382905-7

角川文庫ベストセラー

長い腕　川崎草志

東京近郊のゲーム制作会社で起こった転落死亡事故と、四国の田舎町で発生した女子中学生による猟銃射殺事件。一見無関係に思えた二つの事件には、驚くべき共通点が隠されていた……。

硝子のハンマー　貴志祐介

日曜の昼下がり、株式上場を目前に、出社を余儀なくされた介護会社の役員たち。厳重なセキュリティ網を破り、自室で社長は撲殺された。凶器は？　殺害方法は？　推理作家協会賞に輝く本格ミステリ。

巷説百物語　京極夏彦

江戸時代。曲者ぞろいの悪党一味が、公に裁けぬ事件を金で請け負う。そこここに滲む闇の中に立ち上るあやかしの姿を使い、毎度仕掛ける幻術、目眩、からりの数々。幻惑に彩られた、巧緻な傑作妖怪時代小説。

鷲と虎　佐々木譲

一九三七年七月、北京郊外で発生した軍事衝突。日中両国は全面戦争に。帝国海軍航空隊の麻生は中国へ出兵、アメリカ人飛行士・デニスは中国義勇航空隊として出撃。戦闘機乗りの熱き戦いを描く航空冒険小説。

あやし　宮部みゆき

木綿問屋の大黒屋の跡取り、藤一郎に縁談が持ち上がったが、女中のおはるのお腹にその子供がいることが判明する。店を出されたおはるを、藤一郎の遣いで訪ねた小僧が見たものは……江戸のふしぎ噺9編。